彩版·注音·儿童读物

小学生新课标课外读物

【金百合卷】

钢铁
是怎样炼成的

哈尔滨出版社

钢铁是怎样炼成的

瓦西里神甫走到紧紧挤在一起的四个男孩子面前："你们几个小无赖，谁抽的烟？"四个小孩都小声回答："我们没抽烟，神甫。"神甫气得发抖："那么面团里的烟末儿是谁撒的？"慢慢地神甫将目光盯到了黑眼睛的保尔身上。

保尔被赶出了学校，坐在自家门口最低的一层台阶上。他想，该怎么回家呢？母亲在税务官家当厨娘，每天从早忙到晚，为他操碎了心。想到这里保尔流下了眼泪。

保尔的母亲不得不去车站食堂，求老板让孩子留下打工。食堂老板上了年纪，面色苍白，他瞥了保尔一眼，问道："他几岁了？""12岁。""好吧！让他留下洗碗吧！每月八个卢布。"母亲嘱咐完保尔好好儿干活后，就朝大门口走去。

洗涤槽里备着热水，洗刷间里雾气蒸腾，保尔刚进来，什么也看不清，他站在那里，不知该怎么办。领班弗罗霞用十分悦耳的声音说："你的活儿就是一大早把水烧开，一天别断热水，柴由你自己劈，活忙时你帮着擦刀叉。"

洗刷间的门开了，进来一个宽肩、斜眼、四方脸的堂倌。他的一只大手按到保尔的肩上，把他推到两个大茶炉前，说："新来的，这两个茶炉你得看好，什么时候都要保

zhèng yǒu kāi shuǐ　　yào bù　　jiù děi ái
证 有 开 水 。 要 不 ， 就 得 挨

ěr guāng　　míng bai ma
耳 光 ， 明 白 吗 ？ ”

bǎo ěr zǒu xiàng chá lú　　shǐ jìn
保 尔 走 向 茶 炉 ， 使 劲

gǔ qǐ fēng lái　　néng chéng sì tǒng shuǐ de dà dù zi chá lú lì
鼓 起 风 来 ， 能 盛 四 桶 水 的 大 肚 子 茶 炉 立

jí mào chū huǒ xīng　　tā yí huìr　　tí qǐ zāng shuǐ tǒng　　fēi
即 冒 出 火 星 。 他 一 会 儿 提 起 脏 水 桶 ， 飞

kuài de pǎo dào wài miàn dào jìn kēng lǐ　　yí huìr　　pī chái tiān
快 地 跑 到 外 面 倒 进 坑 里 ， 一 会 儿 劈 柴 添

huǒ　　yí huìr　　bǎ shī máo jīn dā zài chá
火 ， 一 会 儿 把 湿 毛 巾 搭 在 茶

lú shàng hōng gān　　tā pīn mìng
炉 上 烘 干 。 他 拼 命

gàn huó　　zhí dào shēn yè　　lèi
干 活 ， 直 到 深 夜 ， 累

de jīn pí lì jìn
得 筋 疲 力 尽 。

bǎo ěr huí dào jiā
保 尔 回 到 家

lǐ　　mǔ qīn zhèng
里 ， 母 亲 正

zài yuàn zi lǐ shāo
在 院 子 里 烧

chá chuī　　jiàn le tā
茶 炊 ， 见 了 他

jí máng wèn dào
急 忙 问 道 ：

zěn me yàng
“ 怎 么 样 ？ ”

钢铁是怎样炼成的

4

tǐng hǎo　　　　bǎo ěr cóng chǎng kāi de chuāng hu kàn dào le
"挺好。"保尔从敞开的窗户看到了

gē ge ā ěr jiāo mǔ kuān dà jiē shi de hòu bèi　　bù jīn yǒu xiē
哥哥阿尔焦姆宽大结实的后背，不禁有些

dān xīn　　shuō bú dìng yào ái mà　yě xǔ yào ái yí dùn zòu
担心，说不定要挨骂，也许要挨一顿揍。

shēn cái kuí wú de ā ěr jiāo mǔ zhèng zuò zài zhuō páng
身材魁梧的阿尔焦姆正坐在桌旁，

bèi duì zhe bǎo ěr　　tā niǔ guò tóu lái　nóng hēi de méi máo xià
背对着保尔，他扭过头来，浓黑的眉毛下

shè chū liǎng dào yán lì de mù guāng　　ā　　sǎ yān mò de
射出两道严厉的目光："啊，撒烟末的

yīng xióng gàn qǐ dào zāng shuǐ de huór　le　hǎo ba　wǎng hòu
英雄干起倒脏水的活儿了？好吧，往后

kě děi xiǎo xīn　　yào shi bù
可得小心！要是不

hǎo hāor　gàn　zài
好好儿干，再

bèi niǎn huí lái　wǒ
被撵回来，我

jiào nǐ tuō yì céng
叫你脱一层

皮，这点你记住！"

保尔在食堂辛辛苦苦干了两年，他长高了，身体也结实了。

这天，保尔干了一天一夜，但接班的人没有来。老板娘叫他再接着干，保尔实在太困了，不觉睡熟了。打开的水龙头不停地往外流水，水漫过地板，从门底下流进餐室，流到旅客们的行李下面，直到水浸醒了一个睡在地板上的旅客。

拳头像雨点似的落在保尔身上，保尔简直痛糊涂了。他什么也不明白，眼里直冒金星，浑身火辣辣

^{de téng} ^{tā hún shēn shì shāng} ^{yí bù yí bù de miǎn qiǎng huí}
地疼。他浑身是伤，一步一步地勉强回

^{dào le jiā}
到了家。

^{bǎo ěr bǎ shì qing de jīng guò gào su le gē ge} ^{ā ěr}
　保尔把事情的经过告诉了哥哥，阿尔

^{jiāo mǔ chuān shàng yáng pí ǎo} ^{yí jù huà yě}
焦姆穿上羊皮袄，一句话也

^{méi shuō} ^{jiù dào chē zhàn shí táng}
没说，就到车站食堂，

^{zhǎo dào le nà gè dǎ}
找到了那个打

钢铁是怎样炼成的

人的宽肩、斜眼、方脸的家伙："你为什么打我弟弟？"阿尔焦姆狠狠一拳将他打翻在地，再一拳，把他打得趴在地板上动弹不得。

阿尔焦姆因此被关进了拘留所，六天之后才回到家。此后，保尔被哥哥送到发电厂去干活，告别时，保尔双手紧紧握住哥哥的那双大手。

一个惊天动地的消息传开了："沙皇被推翻了！"于是成千上万的居民踏着雪、穿过街道，拥到广场。人们如

饥似渴地听着那些新名词：自由、平等、博爱。

1918年春天，一列骑兵游击队开进了村子，游击队的指挥部就设在律师列辛斯基的空房子里。

游击队指挥部里，围着大厅里的一张雕花四方桌，四个人正在开会，研究如何处置一批沙皇时期留存下来的武器问题，结果一致

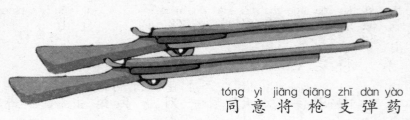

tóng yì jiāng qiāng zhī dàn yào
同意将枪支弹药

fēn fā gěi gōng rén hé nóng mín　　yí dàn dé guó
分发给工人和农民，一旦德国

rén lái le　　lǎo bǎi xìng kě yǐ duì fu tā men
人来了，老百姓可以对付他们。

bǎo ěr cóng fā diàn chǎng xià bān huí jiā de lù shàng　　kàn
保尔从发电厂下班回家的路上，看

dào ná zhe bù qiāng de rén yuè lái yuè duō　　hái yǒu ná le liǎng sān
到拿着步枪的人越来越多，还有拿了两三

zhī de　　　　bǎo ěr jí máng dǎ ting dào nǎr　　kě yǐ lǐng dào
枝的。保尔急忙打听到哪儿可以领到

qiāng　　yí gè shǒu ná liǎng zhī qiāng de xiǎo nán hái gào su tā
枪，一个手拿两枝枪的小男孩告诉他：

zǎo jiù fā wán le　　　　bǎo ěr shùn shì cóng xiǎo nán hái shǒu
"早就发完了。"保尔顺势从小男孩手

zhōng qiǎng le yì zhī qiāng pǎo huí jiā
中抢了一枝枪跑回家。

bǎo ěr xīn mǎn yì zú de tiào guò zhà lan　　zuān jìn xiǎo
保尔心满意足地跳过栅栏，钻进小

péng zi　　bǎ duó lái
棚子，把夺来

de qiāng cáng zài péng
的枪藏在棚

dǐng xià miàn de liáng
顶下面的梁

shàng　　rán hòu kāi xīn
上，然后开心

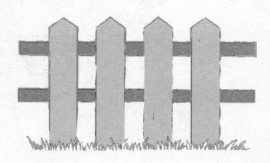

地吹着口哨，走进屋去。

今天晚上特别欢快。一群年轻人聚在保尔家对面的木料堆上，又说又笑，石匠的女儿加莉娜喜欢跟男孩子们跳舞、唱歌，她声音圆润嘹亮，紧挨着保尔坐在木料堆上，夸保尔的手风琴拉得真棒！

保尔拉手风琴正拉得起劲，忽然被阿尔焦姆叫了回去，看到屋里坐着一个陌生人，他那灰色的短上衣，从上到下扣着纽扣，紧紧箍在宽肩膀上，粗壮

钢铁是怎样炼成的

得 像 棵 老 橡 树 。 哥 哥 对

保 尔 说 ："他 是 朱 赫 来 ，

你 明 天 带 他 去 发 电

厂 。"

游 击 队 撤 走 三 天 之 后 ， 德 国 人 就 进 了

城 ， 他 们 在 市 中 心 的 广 场 上 列 成

方 阵 ， 鼓 手 在 敲 鼓 ， 有 少 数 老 百 姓 围 拢

过 来 。 穿 乌 克 兰 短 上 衣 的 伪 军 小 头 目

站 在 台 阶 上 宣 读 城 防

司 令 的 命 令 ：限 于

24 小 时 内 ， 交 出 所

有 武 器 。

阿 尔 焦 姆

听 到 消 息 ， 急

忙 赶 回 家 ，

问 保 尔 是 否 拿

钢铁是怎样炼成的

了枪支回家，保尔照实说了。他俩取出

藏在梁上的枪，卸下栓和刺刀，把枪

托砸碎，扔到小园子的荒地里，又将

枪栓和刺刀丢进茅坑里。哥哥嘱咐弟弟

以后不要再这样了。

朱赫来在发电厂工作已一个多月

了，他非常喜欢保尔，给保尔讲解发电

机的构造，教保尔电工技术，让他很快

熟悉这一行。

有一天，保尔去堆木柴，朱赫来叫住

了他，说："听

你母亲说你爱打

架，打架倒不一定

是坏事，不过得知

道打谁，为什么

打。"接着，朱赫

lái jiāo gěi bǎo ěr yí tào yīng guó shì quán jī dǎ fǎ　　bǎo ěr xué
来教给保尔一套英国式拳击打法，保尔学

de fēi cháng zhuān xīn
得非常专心。

　　yǒu yì tiān　　tiān tè bié rè　　bǎo ěr pá dào fáng hòu yuán
　　有一天，天特别热，保尔爬到房后园

zi jiǎo luò lǐ de xiǎo péng zi dǐng shàng qù　　tā bō kāi bǎn péng
子角落里的小棚子顶上去，他拨开板棚

shàng fán mào de yīng táo zhī
上繁茂的樱桃枝，

zhèng wàng dào liè xīn sī
正望到列辛斯

钢铁是怎样炼成的

基家的花园，住在

那儿的中尉的房间桌子

上放着皮带和一件发亮的东

西，保尔的心狂跳起来。

保尔从棚顶爬到樱桃树上，顺着

树身溜到列辛斯基家的花园，再弯着腰跑

到开着的窗户跟前，朝屋里看去，桌

上放着的是一副武装带和一把很漂亮

的12发"曼利赫尔"手枪。

保尔思想斗争得很激烈，但终于不

顾死活，跳进房里，抓住枪套，迅速把

枪塞进裤子口袋，跑向樱桃树，像猴子

似的攀上棚顶，他观望了一阵，见没

有动静才急忙溜出棚子，跑回家去。

保尔从家里找出一块破布，包好

枪，飞也似的奔向一个废弃的砖窑，把

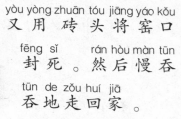

qiāng mái zài yí dà duī suì zhuān dǐ xià
枪 埋 在 一 大 堆 碎 砖 底 下 ，

yòu yòng zhuān tóu jiāng yáo kǒu
又 用 砖 头 将 窑 口

fēng sǐ　　rán hòu màn tūn
封 死 。 然 后 慢 吞

tūn de zǒu huí jiā
吞 地 走 回 家 。

liè xīn sī jī jiā
列 辛 斯 基 家

zhè shí kě nào fān le tiān　　zhōng wèi bó rán dà nù　　huī shǒu
这 时 可 闹 翻 了 天 。 中 尉 勃 然 大 怒 ， 挥 手

dǎ le wèi bīng yí gè ěr guāng　　bèi jiào lái chá wèn de liè xīn
打 了 卫 兵 一 个 耳 光 。 被 叫 来 查 问 的 列 辛

sī jī xiàng zhōng wèi dào qiàn　　tā de ér zi wéi
斯 基 向 中 尉 道 歉 ， 他 的 儿 子 维

kè duō chā zuǐ shuō　　shǒu qiāng kě néng shì bèi
克 多 插 嘴 说 ：" 手 枪 可 能 是 被

lín jū jiā de xiǎo liú máng bǎo ěr　　kē chá jīn tōu
邻 居 家 的 小 流 氓 保 尔 · 柯 察 金 偷

qù le
去 了 。"

bǎo ěr cǐ shí zǎo yǐ huí dào fā diàn chǎng gàn
保 尔 此 时 早 已 回 到 发 电 厂 干

huó qù le　　zhōng wèi dài bīng dào bǎo ěr jiā fān
活 去 了 。 中 尉 带 兵 到 保 尔 家 翻

xiāng dǎo guì　　kě shén me yě méi sōu chá chū
箱 倒 柜 ， 可 什 么 也 没 搜 查 出

lái　　zhè cì shì jiàn shǐ bǎo ěr xiāng xìn　　jí
来 。 这 次 事 件 使 保 尔 相 信 ， 即

shǐ zhè yàng mào xiǎn de fēng kuáng xíng wéi
使 这 样 冒 险 的 疯 狂 行 为 ，

yǒu shí yě kě yǐ píng ān wú shì
有时也可以平安无事。

lín wù guān de nǔ ér dōng ní yà ná zhe yì běn méi yǒu dú
林务官的女儿冬尼亚拿着一本没有读

wán de xiǎo shuō   zǒu guò yí zuò xiǎo qiáo   shàng le dà lù
完的小说，走过一座小桥，上了大路。

zhè shì yì tiáo mào mì de
这是一条茂密的

lín yīn dào   yòu biān
林阴道，右边

shì chí táng   zuǒ
是池塘，左

biān shì yí piàn shù
边是一片树

lín   tā tū rán
林。她突然

kàn jiàn xià miàn
看见下面

chí táng àn biān
池塘岸边

钢铁是怎样炼成的

17

扬起一根钓竿，于是停住了脚步。

她拨开柳丛的枝条，看见一个晒得黝黑的男孩子，他光着脚，裤腿卷到大腿上，身旁放着一个装蚯蚓的铁罐子，正在聚精会神钓鱼，没察觉有人来了。

"难道这里还能钓到鱼？"

保尔生气地回头一看，一位身着白色水兵服和浅灰色短裙的陌生姑娘正笑着看他。保尔请她靠边待着，别说话。

冬尼亚却在一棵弯曲的柳树枝上舒适地坐了下来，保尔从水里的倒影看出她正在读书。

^{bù jiǔ} 不久， ^{liè xīn sī jī de ér zi wéi kè duō hé huǒ bàn} 列辛斯基的儿子维克多和伙伴 ^{sū hā lǐ kē yīn zhuī zōng dōng ní yà} 苏哈里科因追踪冬尼亚， ^{yě lái dào chí táng} 也来到池塘 ^{biān} 边。 ^{sū hā lǐ kē zhàng zhe bǐ bǎo ěr dà jǐ suì} 苏哈里科仗着比保尔大几岁， ^{duō cì} 多次 ^{xiàng bǎo ěr tiǎo xìn} 向保尔挑衅， ^{tā chèn bǎo ěr bú bèi} 他趁保尔不备， ^{cháo bǎo ěr xiōng} 朝保尔胸 ^{kǒu jiù shì yì quán} 口就是一拳。

^{bǎo ěr rěn wú kě rěn} 保尔忍无可忍， ^{yì} 一 ^{bǎ zhuā zhù tā de yī lǐng} 把抓住他的衣领， ^{yòng lì yì lā} 用力一拉， ^{bǎ} 把 ^{tā tuō dào shuǐ} 他拖到水

钢铁是怎样炼成的

里，保尔很快跳上岸转过身，面对猛扑过来的苏哈里科，想起了从朱赫来那儿学到的拳击要领，他勇气倍增，只几拳就听苏哈里科大叫一声，身子往后倒进池水中。

冬尼亚在岸上忍不住拍手大笑："打得好！打得好！真有两下子！"保尔抓起钓竿，使劲一拽，拉断了挂在牛蒡上的鱼线，往大路跑去，只听维克多正向冬尼亚说："这家伙是个头号流氓，叫保尔·柯察金。"

现在铁路运输格外繁忙。德国人正用成千上万节车皮，把从乌克兰掠夺来的小麦、牲畜等等，运送到德国去。突然，全线的铁路工人都罢工了，

这一昼夜连一列火车也没通过。德国兵在车站乱成一团。

阿尔焦姆、波利托夫斯基、勃鲁札克等三人，被命令去开一列军车，在途中，三个人把押机车的德国兵干掉，然后接连跳下车头，逃跑了。无人驾驶的列车轰隆隆地朝前飞驰。

清晨，保尔回到家里，听母亲说夜里警备队到家里搜寻阿尔焦姆，他很为哥哥的安危担心。保尔出去打听不到什么消息，回来后他疲倦地往床上一倒，立即沉入不安的梦境。

三个被叫去开车的人一个也没有回来，三家人都急坏了。朱赫来晚上到保尔家，将事情原委告诉了保尔的妈妈，叫他们放心，说三个人平安无事，只是还不能回家。从此，这三个家庭变得更亲密了。

离车站不远处有一个大湖，岸边有一片草地，上面是松林，下面就是湖。冬尼亚最喜爱这个地方，她常常独自躺在草地上阅读。这天，她听到湖里有人在击水，抬头看去，原来是保尔自由自

zài de zài shuǐ zhōng chàng yóu
在地在水中畅游。

bǎo ěr shàng àn zhī hòu　yù dào dōng ní yà　gǎn dào
保尔上岸之后，遇到冬尼亚，感到

hěn chī jīng　dōng ní yà zhǔ dòng yǔ tā dā huà　liǎng gè rén
很吃惊。冬尼亚主动与他搭话，两个人

jiù liáo le qǐ lái　bù zhī bù jué bǎ xiǎng lí kāi de niàn tou yě
就聊了起来，不知不觉把想离开的念头也

gěi wàng le　bǎo ěr jīng jué shàng gōng yào chí dào le　jué dìng
给忘了。保尔惊觉上工要迟到了，决定

pǎo bù dào chǎng lǐ qù　dōng ní yà tí yì hé tā bǐ sài kàn
跑步到厂里去，冬尼亚提议和他比赛看

shéi pǎo de kuài
谁跑得快。

xiàn zài kāi
"现在开

shǐ pǎo：　　yī
始跑：一、

èr　sān　　nǐ
二、三！你

钢铁是怎样炼成的

钢铁是怎样炼成的

追吧！”冬尼亚像旋风一样向前冲去，蓝色的外衣飘舞着，保尔紧跟在后，心想：两步就能赶上！可一直跑到大路的尽头，快到发电厂了，才追上她。他猛冲上前，双手紧紧抓住冬尼亚的肩膀，快活地叫道："捉住了！小鸟给捉住了！"两个人都气喘吁吁地站着，心在狂跳，冬尼亚仿佛无意中偎依在保尔身上。

保尔心里萌发了一种模糊的新鲜的极其激动人心的感情。他发现冬尼亚虽然出身于富裕家庭，但与别人一样。他渴望再次遇到她。

ā ěr jiāo mǔ zǒu le zhī hòu jiā
阿尔焦姆走了之后，家

lǐ shēng huó yuè lái yuè kùn nan bǎo ěr
里生活越来越困难，保尔

jué dìng zài dào jù mù chǎng zhǎo yí fèn huór
决定再到锯木厂找一份活

gàn tā de gōng zuò shì bǎ xīn jù de mù bǎn fēn sàn fàng
儿干。他的工作是把新锯的木板分散放

hǎo liàng gān zhè huór shì jì jiàn fù chóu shōu rù bú
好，晾干。这活儿是计件付酬，收入不

cuò bǎo ěr qǐng mā ma gěi zì jǐ mǎi le
错，保尔请妈妈给自己买了

yí jiàn xīn de lán bù chèn shān
一件新的蓝布衬衫。

城里传着消息，说烧杀掳掠犹太人的事就要发生。犹太贫民居住在歪歪斜斜、又矮又破的房子里，心惊胆战地不知如何逃避这个致命的打击。在印刷厂干活的犹太工人找到谢廖沙，问他能否帮忙找俄罗斯人收藏犹太人。

保尔的好朋友谢廖沙和父亲一起把印刷厂的十多个犹太工人藏在自家的地窖里和阁楼上。

谢廖沙正穿过菜园子回家，突然看到一个面无血色的犹太老人，光着头，边跑边挥舞着双手沿着公路跑过来，后面

钢铁是怎样炼成的

是一个骑灰马的匪兵在
挥刀追赶。

谢廖沙奋不顾身
地跳上大路，用身子护着老人，大声喊
道："住手！狗强盗！"那个匪兵并不
想收回马刀，他顺势用刀背向谢廖沙的
脑袋砍了下去……

红军步步进逼，不断向彼得留拉匪
帮发动猛攻。小城逐渐恢复了平静。
在一个万籁俱寂的深夜，有一个人匆匆
忙忙朝保尔家走来。

保尔在熟睡中被敲窗声惊醒，他
打开窗户，朱赫来跳了进来。他在保尔
家住了八天，这件事对保尔来说，有巨大
的意义。年轻的锅炉工保尔·柯察金在朱

hè lái de dài lǐng xià　xùn sù de chéng zhǎng zhe
赫来的带领下，迅速地成长着。

bǎo ěr cóng tā nà lǐ nòng míng bai le shén me shì shè huì
保尔从他那里弄明白了什么是社会

gé mìng dǎng　shè huì mín zhǔ dǎng　bō lán shè huì dǎng děng
革命党，社会民主党，波兰社会党等

děng　zhè xiē dǎng yuán lái dōu shì gōng rén jiē jí xiōng è de dí
等，这些党原来都是工人阶级凶恶的敌

rén　zhǐ yǒu bù qū bù náo de bù ěr shí wéi kè dǎng cái shì zhēn
人，只有不屈不挠的布尔什维克党才是真

zhèng wèi qióng kǔ rén hé gōng rén jiē
正为穷苦人和工人阶

jí ér zhàn dòu de dǎng
级而战斗的党。

zhè tiān
这天，

tóu shàng chán zhe
头上缠着

钢铁是怎样炼成的

bēng dài de xiè liào shā hé jiě jie wǎ lì yà　　 yǐ jí hóng tóu fa
绷带的谢廖沙和姐姐瓦莉亚，以及红头发

de kè lì mǔ kǎ lái kàn wàng bǎo ěr　　 zhū hè lái rèn zhēn tīng zhè
的克利姆卡来看望保尔，朱赫来认真听这

xiē nián qīng rén jiǎng tā men shì rú hé bāng zhù yóu tài rén duǒ guò
些年轻人讲他们是如何帮助犹太人躲过

zhè chǎng zāi nàn de　　 zhū hè lái yě gěi zhè xiē qīng nián jiǎng le
这场灾难的，朱赫来也给这些青年讲了

xǔ duō guān yú bù ěr shí wéi kè dǎng hé liè níng de gù shi
许多关于布尔什维克党和列宁的故事。

zhū hè lái tū rán shī zōng le　　 bǎo ěr yù gǎn dào qíng
朱赫来突然失踪了。保尔预感到情

kuàng bú miào　　 qiāo qiāo jiāng cáng zhe de shǒu qiāng qǔ le chū
况不妙，悄悄将藏着的手枪取了出

lái
来。

zhè tiān　　 bǎo ěr wǎng jiā zǒu shí
这天，保尔往家走时，

yíng miàn kàn dào zhū hè lái bèi yí
迎面看到朱赫来被一

gè dài qiāng de fěi bīng yā zhe
个带枪的匪兵押着

wǎng qián zǒu　　 zhū hè lái
往前走，朱赫来

yì zhī yǎn yòu qīng yòu
一只眼又青又

zhǒng　　 tā yě rèn
肿，他也认

chū le bǎo ěr　　 yǒu
出了保尔，有

_{xiē yì wài} 些意外，_{dàn jiǎ zhuāng bú rèn shi de jiā kuài le jiǎo bù}但假装不认识地加快了脚步。

_{dāng huáng hú zi yā jiè bīng zǒu dào bǎo ěr gēn qián shí}
当黄胡子押解兵走到保尔跟前时，

_{bǎo ěr tū rán měng pū shàng qù zhuā zhù tā de bù qiāng}
保尔突然猛扑上去，抓住他的步枪，

_{pīn mìng wǎng xià yā yì kē zǐ dàn shè dào shí tou shàng bèng}
拼命往下压，一颗子弹射到石头上，蹦

_{le qǐ lái zhū hè lái zhuǎn shēn huī qǐ tiě quán cháo yā sòng}
了起来，朱赫来转身，挥起铁拳朝押送

_{bīng tóu shàng dǎ qù}
兵头上打去。

_{wéi kè duō de nǚ yǒu lì}
维克多的女友莉

_{shā qià qiǎo zài lí tā}
莎恰巧在离他

_{men bù yuǎn de gōng}
们不远的公

_{lù shàng jiàn}
路上见

_{dào le zhè jīng}
到了这惊

_{xīn dòng pò de}
心动魄的

_{yí mù rèn}
一幕，认

_{chū tū xí yā jiè}
出突袭押解

_{bīng de shì bǎo ěr wéi}
兵的是保尔。维

克多听说此事，不顾莉莎的反对，向警备司令部告了密。

保尔当天晚上就被捕了。他颇感意外。幸好他已将朱赫来藏在好友克利姆卡家，并将手枪也及时藏到了老地方。

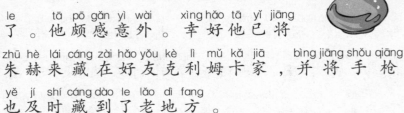

莉莎到冬尼亚家探访，当只剩她们两个人在屋里的时候，莉莎凑到冬尼亚跟前，搂着她小声地告诉了她保尔所做的事，并说已向维克多说了。冬尼亚听到这里，面色苍白，着急地责备莉莎不该让维克多知道。

次日清晨，冬尼亚牵着长毛狗向城里走去，到柯察金家门口，她推开栅栏门，进了院子。此时阿尔焦姆正站在家门口张望，看着被翻得凌乱的空荡荡

de jiā bù míng bai fā shēng le shén me shì
的家，不明白发生了什么事。

dōng ní yà yōu lǜ de wèn　　nǐ shì bǎo ěr de gē ge
冬尼亚忧虑地问："你是保尔的哥哥

ā ěr jiāo mǔ ma　kàn yàng zi　　nǐ dì di zhǔn shì bèi bǔ
阿尔焦姆吗？看样子，你弟弟准是被捕

le　　yú shì　dōng ní yà xiàng tā jiǎng shù le bǎo ěr wèi shén
了。"于是，冬尼亚向他讲述了保尔为什

me huì bèi bǔ　ā ěr jiāo mǔ méi tóu jǐn zhòu　mò mò wú yán
么会被捕。阿尔焦姆眉头紧皱，默默无言。

láo fáng lǐ yǐ jīng guān
牢房里已经关

yā le sān gè rén　　yí gè
押了三个人，一个

dà hú zi lǎo tóur
大胡子老头

儿，是盗马嫌疑犯。一个老妇人，是个酿私酒的。还有一个就是正昏睡着的保尔。

不一会儿，牢房又进来一个叫赫里斯季娜的姑娘，她睁着惶恐不安的大眼睛，头上扎着花头巾，一副农村姑娘打扮，她看了一会儿，走到那个酿私酒的女人身旁坐下了。然后，她把大头巾铺在地上，枕着一只胳膊躺下了。

姑娘问酿私酒的老妇人，窗下角落里的小伙子犯了什么罪，老太婆说："他是因为救走了一个布尔什维克，才被捕的。"姑娘想到刚刚在司令部听到的话"我们写个呈文上去，把这小子给干掉"，不禁心生同情。

姑娘的哥哥是红军，已经跟着队伍走了。姑娘被抓来，是因为警备司令看上了她。保尔在静夜中，听

钢铁是怎样炼成的

着姑娘向酿私酒的老太婆倾诉，一腔怒火在胸中燃烧。

酿私酒的老太婆被放了出去。第二天，警备司令领着几个哥萨克兵来了，带走了赫里斯季娜。牢房的门在姑娘身后砰的一声关上了，保尔的心情也变得更加沉重，更加忧郁。

晚上，又押进来一个人，保尔记得他叫多林尼克，1917

年，他曾在大街上向士兵演讲：

"你们支持布尔什维克吧！他们是不会出卖你们

de
的。"他与老头儿聊了几句之

hòu
后，老头儿就走到保尔身

páng　　　xiǎo péng you　　yuán lái
旁："小朋友，原来

shì nǐ bǎ zhū hè lái fàng le
是你把朱赫来放了！"

bǎo ěr gǎn dào hěn tū rán　　jí máng shuō　　　nǐ xiā
保尔感到很突然，急忙说："你瞎

chě shén me ya　　　duō lín ní kè xiào le　　còu dào tā gēn
扯什么呀？"多林尼克笑了，凑到他跟

qián　　shuō　　shì wǒ qīn zì bǎ zhū hè lái sòng zǒu de
前，说："是我亲自把朱赫来送走的，

xiàn zài shuō bú dìng tā yǐ dào dá mù dì dì le　　bǎo ěr dé
现在说不定他已到达目的地了。"保尔得

zhī tā shì yīn wèi zài gē sà kè shì bīng zhōng sàn fā gé mìng chuán
知他是因为在哥萨克士兵中散发革命传

dān ér bèi zhuā jìn lái de
单而被抓进来的。

dì èr tiān　　yòu yǒu yí gè fàn rén bèi guān le jìn lái
第二天，又有一个犯人被关了进来，

zhè shì quán chéng wén míng de lǐ fà shī　dà ěr duo　　xì bó
这是全城闻名的理发师，大耳朵，细脖

zi　　tā shuō zì jǐ zài gěi yí gè gē sà kè bīng lǐ fà shí
子，他说自己在给一个哥萨克兵理发时，

wèn tā shì fǒu zhī dào nüè yóu shì jiàn shì shéi zhǐ shǐ de　　jié guǒ
问他是否知道虐犹事件是谁指使的，结果

lǐ wán fà jiù bèi zhè gè bīng dài dào zhèr　lái le　　zuì míng
理完发就被这个兵带到这儿来了，罪名

shì shān dòng
是煽动。

钢铁是怎样炼成的

接着，酿私酒的老婆子又被关押进来，她气愤地骂："叫你们喝了我的酒都不得好死！叫火把你们全都烧成灰！"

这时，门外响起了喊叫声和脚步声，所有的"犯人"都把头转向房门。

小城广场上有座难看的破教堂，顶上是个古老的钟楼，现在教堂前面的广场上有全副武装

de shì bīng liè chéng yí gè gè sì fāng de duì xíng cóng sān
的士兵，列成一个个四方的队形，从三

miàn bǎ guǎng chǎng wéi le qǐ lái
面把广场围了起来。

fěi bāng dà tóu mù bǐ dé liú lā jué dìng qīn zì lái zhè lǐ
匪帮大头目彼得留拉决定亲自来这里

shì chá bù duì huān yíng dà tóu mù dào lái de yí shì zhǔn bèi de
视察部队。欢迎大头目到来的仪式准备得

shí fēn lóng zhòng lán huáng sè de qí zi yě shēng le qǐ
十分隆重，蓝黄色的旗子也升了起

lái shī zhǎng chéng zhe yí
来。师长乘着一

liàng pò jiù de fú tè pái qì
辆破旧的福特牌汽

chē qián wǎng chē zhàn yíng jiē
车，前往车站迎接

bǐ dé liú lā
彼得留拉。

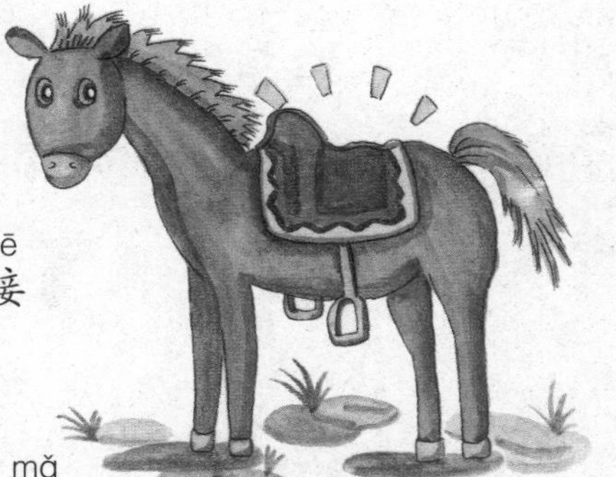

yí gè qí bīng fú zài mǎ
一个骑兵伏在马

bèi shàng fēi bēn ér lái zhǐ tīng tā huī shǒu gāo jiào lái
背上飞奔而来，只听他挥手高叫：“来

le tā men lái le bù bīng zǒng jiān dà shēng hǎn qǐ le
了！他们来了！”步兵总监大声喊起了

kǒu lìng gè jiù gè wèi
口令：“各就各位！”

bǐ dé liú lā bèn zhuō de zuān chū qì chē tā zhōng děng
彼得留拉笨拙地钻出汽车。他中等

shēn cái yí gè yǒu léng yǒu jiǎo de dà nǎo dai zhǎng zài jiē jiē
身材，一个有棱有角的大脑袋长在结结

shí shí de zǐ hóng sè bó zi shàng zā zhe pí dài qiāng tào
实实的紫红色脖子上，扎着皮带，枪套

里插着一把小巧的勃朗宁手枪。头上戴着一顶克伦斯基军帽，上面缀着一颗三叉戟的珐琅帽徽。

彼得留拉登上一座不大的检阅台，发表了约十分钟的演说。随后，开始了阅兵式。走过新兵队列时，他轻蔑地眯起了眼睛，因为这些穿着破烂衣服的新兵全都光着脚，他们步伐混乱，磕磕碰碰，混乱地挤成一团。

切尔尼亚

克上校领着哥萨克大尉到警备司令部来检查准备工作。他们一看又脏又乱的警卫室，大发雷霆："怎么搞的！简直像个猪圈！"怒气冲冲的上校走来走去地怒斥："你们这帮土匪，哪像个哥萨克士兵！"

那些警卫队员，被上校驱赶着赶紧收拾打扫，忙成一团。上校喊道："别忘了把你们的狗脸也收拾出个人样来。"

上校说还要看看犯人，警卫队长跑来，急

máng kāi le suǒ　　　dà wèi yì jiǎo tī kāi láo fáng de mén　　yǒu
忙开了锁。大尉一脚踢开牢房的门，有

jǐ gè fàn rén zuò de zuò　　tǎng de tǎng　　shàng xiào mìng lìng dǎ
几个犯人坐的坐，躺的躺。上校命令打

kāi suǒ yǒu de mén chuāng　　ràng guāng liàng zhào jìn lái　　tā zǐ
开所有的门窗，让光亮照进来，他仔

xì de kàn zhe fàn rén de liǎn
细地看着犯人的脸。

　　　shàng xiào wèn lǎo tóu zi　　　　　nǐ wèi shén me zuò
　　上校问老头子："你为什么坐

láo　　　　　　wǒ yě bù míng bai　zhù zài wǒ jiā de zhǎng guān
牢？""我也不明白，住在我家的长官

yòng mǎ huàn jiǔ hē le　　fǎn bǎ wǒ zhuā le lái　　　shōu
用马换酒喝了，反把我抓了来。""收

shí qǐ nǐ de pò làn
拾起你的破烂，

kuài gěi wǒ gǔn dàn lǎo tóur qǐ xiān hái
快给我滚蛋！"老头儿起先还

bù xiāng xìn jiē zhē huāng máng cè shēn pǎo
不相信，接着慌忙侧身跑

le chū qù
了出去。

shàng xiào wèn lǎo pó zi nǐ fàn le shén me
上校问老婆子："你犯了什么

zuì wǒ shì zuò sī jiǔ mǎi mai de tā men hē le wǒ
罪？""我是做私酒买卖的，他们喝了我

de jiǔ jiù bǎ wǒ guān qǐ lái le dé le nǐ gǎn
的酒，就把我关起来了。""得了！你赶

kuài jiàn guǐ qù ba lǎo tài pó yí miàn jū gōng yí miàn
快见鬼去吧！"老太婆一面鞠躬，一面

tuì xiàng mén kǒu zuǐ lǐ shuō yuàn shàng dì bǎo yòu nǐ
退向门口，嘴里说："愿上帝保佑你

cháng shēng bù lǎo
长生不老。"

dì sān gè bèi fàng zǒu de shì duō lín ní kè tā shuō zì
第三个被放走的是多林尼克，他说自

jǐ yīn wèi zài bàn yè shí zǒu lù bèi zhuā le jìn lái lún dào bǎo
己因为在半夜时走路被抓了进来。轮到保

ěr le tā shuō shì yīn cóng mǎ ān zi shàng gē xià yí kuài pí
尔了，他说是因从马鞍子上割下一块皮

gé zuò xié zhǎng bèi zhuā lái de
革做鞋掌被抓来的。

shàng xiào qīng miè
上校轻蔑

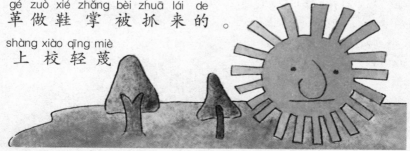

地看着他："你可以回家，叫你爸爸好好儿收拾你一顿。行了，快走吧！"

最后，只剩下倒霉的长舌头理发师了，他因煽动罪未能获释。在台阶上，上校得意地对上尉说："幸亏咱们来看了看，这儿竟关了这么多废物！"

保尔一连翻过七道栅栏，才停了下来，他已经再也跑不动了。他既不能回家，也不敢到谢廖沙或别的伙伴们家去惹麻烦，他一路跑来，居然来到了冬尼亚的花园里。他向园中的凉

钢铁是怎样炼成的

tíng zǒu　　yì tiáo cháng máo dà gǒu kuáng fèi zhe zhuī le guò lái
亭走，一条长毛大狗狂吠着追了过来。

jǐn jiē zhe　　dōng ní yà yì biān hè chì zhe dà gǒu　　yì
紧接着，冬尼亚一边喝斥着大狗，一

biān pǎo guò lái　　dāng tā rèn chū le bǎo ěr de shí hou　　jīng xǐ
边跑过来，当她认出了保尔的时候，惊喜

jiāo jí de jí máng shàng qián zhuā zhù bǎo ěr de shuāng shǒu
交集地急忙上前抓住保尔的双手：

tā men bǎ nǐ fàng chū lái le ma　　bǎo ěr shuō　　tā
"他们把你放出来了吗？"保尔说："他

men cuò fàng le wǒ　　dà gài yǐ jīng kāi shǐ zài sōu bǔ le　　wǒ
们错放了我，大概已经开始在搜捕了，我

yòu lèi yòu è　　jū rán pǎo
又累又饿，居然跑

dào nǐ zhèr　　lái
到你这儿来

le
了。"

钢铁是怎样炼成的

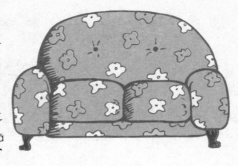

dōng ní yà de jié
冬尼亚的睫

máo chàn dòng bǎo hán lèi
毛颤动，饱含泪

huā tā bǎ bǎo ěr dài jìn
花。她把保尔带进

wū lǐ ràng tā zuò zài shā
屋里，让他坐在沙

fā shàng tā qiú mǔ qīn shōu liú bǎo ěr ràng tā zàn zhù jǐ
发上。她求母亲收留保尔，让他暂住几

tiān mǔ qīn kàn chū nǚ ér duì bǎo ěr de qíng yì tā tóng yì
天。母亲看出女儿对保尔的情意，她同意

le zài tā yǎn lǐ bǎo ěr hái zhǐ shì yí gè hái zi li
了。在她眼里，保尔还只是一个孩子哩！

dōng ní yà rè xīn de máng huo qǐ lái xiān zhǔn bèi hǎo
冬尼亚热心地忙活起来，先准备好

xǐ zǎo shuǐ yòu
洗澡水，又

ná chū yí tào lǐng
拿出一套领

zi dài bái tiáo de
子带白条的

lán sè shuǐ shǒu
蓝色水手

fú yào bǎo ěr
服，要保尔

xǐ wán zǎo huàn
洗完澡换

shàng rán
上。然

hòu dōng ní yà
后，冬尼亚

yòu qù zhāng luo chī de
又 去 张 罗 吃 的 。

bǎo ěr yǔ dōng ní yà mǔ nǚ yì qí zài chú fáng lǐ chī wǔ
保尔 与 冬 尼 亚 母 女 一 齐 在 厨 房 里 吃 午

fàn bǎo ěr è jí le bù zhī bù jué yì lián chī guāng le sān
饭 。 保尔 饿 极 了 , 不 知 不 觉 一 连 吃 光 了 三

pán
盘 。

wǔ fàn hòu sān gè rén dào dōng ní yà de fáng jiān
午 饭 后 , 三 个 人 到 冬 尼 亚 的 房 间 ,

dōng ní yà yào bǎo ěr jiǎng jiǎng tā de jīng lì bǎo ěr bǎ zì
冬 尼 亚 要 保尔 讲 讲 他 的 经 历 , 保尔 把 自

钢铁是怎样炼成的

jǐ suǒ zāo shòu de kǔ nàn yuán yuán běn běn jiǎng le yí biàn
己 所 遭 受 的 苦 难 , 原 原 本 本 讲 了 一 遍 。

dōng ní yà de mǔ qīn wèn tā jīn hòu de dǎ suan bǎo ěr
冬 尼 亚 的 母 亲 问 他 今 后 的 打 算 , 保尔

shuō xiǎng kàn kan gē ge rán hòu jiù lí kāi zhè lǐ
说 , 想 看 看 哥 哥 , 然 后 就 离 开 这 里 。

bǎo ěr qǐng dōng ní yà bāng máng dào jī chē kù qù zhǎo
保尔 请 冬 尼 亚 帮 忙 , 到 机 车 库 去 找

ā ěr jiāo mǔ zài sòng yí gè zì tiáo gěi xiè liào shā dōng ní
阿 尔 焦 姆 , 再 送 一 个 字 条 给 谢 廖 沙 。 冬 尼

yà hěn wǎn cái huí lái
亚 很 晚 才 回 来 。

ā ěr jiāo mǔ lái kàn bǎo ěr gē ge jǐn jǐn de bào zhù
阿 尔 焦 姆 来 看 保尔 , 哥 哥 紧 紧 地 抱 住

保尔，说不出有多高兴！大家商量好：
明天保尔就走，阿尔焦姆把他安插在勃鲁
扎克的机车上，带到卡扎京去。

天很快黑了下
来，保尔在黑暗的
花园里踱步，等待
着　谢廖
沙　。　不

久，谢廖沙和姐姐瓦莉亚都来了，谢廖沙说保尔家院子里净是匪兵，根本无法上树去拿出藏在鸟窝里的手枪。瓦莉亚说："祝你一路平安！可别忘了我们！"

早晨，冬尼亚的妈妈来叫醒了保尔。他急忙换上自己的衣服，这时母亲又叫醒了冬尼亚。

他们穿过潮湿的晨雾，急忙向车站走去，阿尔焦姆在装好木柴的火车头旁边焦急地等着他们。机车扑哧扑哧喷着蒸汽，慢慢地开了过来，勃鲁扎克从驾驶室

lǐ cháo wài zhāng wàng
里 朝 外 张 望 。

tā men xiāng hù cōng cōng gào bié　　bǎo ěr jǐn jǐn zhuā zhù
他们 相互 匆匆 告别 ，保尔 紧紧 抓住

jī chē fú tī de bǎ shǒu　　pá le shàng qù　　jī chē zài jiā
机车 扶梯 的 把手 ， 爬 了 上去 。 机车 在 加

sù　　bǎo ěr huí tóu kàn zhe chà dào kǒu shàng bìng pái zhàn zhe de
速 ， 保尔 回头 看着 岔 道口 上 并排 站着 的

liǎng gè qīn ài de shēn yǐng　　gāo dà de ā ěr jiāo mǔ hé miáo
两个 亲爱 的 身影 ： 高大 的 阿尔焦姆 和 苗

tiao jiāo xiǎo de dōng ní yà　　tā huī dòng zhe shǒu　　lì sè juǎn
条 娇小 的 冬尼亚 。 她 挥动 着 手 ，栗色 卷

fà bèi fēng chuī de piāo le qǐ lái
发 被 风 吹 得 飘 了 起来 。

hóng jūn de pào duì zhù zhā zài yí zuò gǔ lǎo de xiū dào yuàn
红军 的 炮队 驻扎 在 一座 古老 的 修道院

lǐ　　xiū dào yuàn wèi
里 ， 修道院 位

yú cūn zhōng xīn de gāo
于村中心的高

gǎng shàng　　　jīn
岗上。今

tiān 　　　duì shě pèi tuō
天，对舍佩托

fū kǎ zhè zuò xiǎo chéng
夫卡这座小城

de gōng jī yuè lái yuè měng liè　　dà pào nù hǒu　　bù ěr shí
的攻击越来越猛烈，大炮怒吼，布尔什

wéi kè de zhàn shì men shí ér pú fú zài dì　　shí ér yuè qǐ
维克的战士们时而匍匐在地，时而跃起

chōng fēng　　shì bù kě dǎng de xiàng qián tuī jìn
冲锋，势不可挡地向前推进。

xiè liào shā yì jiā hé tā men de jìn lín běn lái dōu duǒ zài
谢廖沙一家和他们的近邻本来都躲在

dì jiào lǐ　　dàn shì xiàn zài shéi yě bú yuàn zài dāi zài zhè lǐ
地窖里，但是现在谁也不愿再待在这里

le　　xiè liào shā jué xīn dào jiē shàng kàn kan　　jǐn guǎn mǔ qīn
了。谢廖沙决心到街上看看，尽管母亲

zài sān zǔ lán　　tā hái shi cóng yīn lěng de dì jiào lǐ pǎo le chū
再三阻拦，他还是从阴冷的地窖里跑了出

lái
来。

bǐ dé liú lā de
彼得留拉的

bài bīng zhèng yán zhe tōng
败兵正沿着通

wǎng xī nán chē zhàn de dà
往西南车站的大

lù táo cuàn　　yí liàng
路逃窜，一辆

装甲车在掩护他们退却，红军士兵在他们后面，弯着腰，边追赶，边射击。

一个晒得黝黑、两眼通红的中国人，只穿一件衬衫，身上缠着子弹带，手里攥着手榴弹，他根本不找掩蔽物，一个劲儿猛追过来。跑在前面的是一个年轻战士，端着一挺轻机枪。谢廖沙跑上公路，大喊："同志们万岁！"

谢廖沙抓起逃兵扔下的子弹带和步枪，追赶队伍去了。他和这支队伍一起

chōng jìn le xī nán chē zhàn
冲进了西南车站。

zhí dào zhàn dòu jié
直到战斗结

shù hóng jūn zhàn shì
束，红军战士

cái zhù yì dào
才注意到

tā tā men bǎ
他。他们把

xiè liào shā wéi le qǐ lái wèn tā guān yú běn dì de yì xiē qíng
谢廖沙围了起来，问他关于本地的一些情

kuàng wǒ rèn de tā nà gè zhōng guó rén shuō
况。"我认得他！"那个中国人说，

zài wǒ men chōng jìn chéng lǐ de gōng lù shàng tā dà
"在我们冲进城里的公路上，他大

shēng jiào hǎn tóng zhì men wàn suì tā shì wǒ men de péng
声叫喊'同志们万岁'，他是我们的朋

you
友！"

xiǎo chéng yòu huó yuè qǐ lái le duǒ zài dì xià shì de
小城又活跃起来了，躲在地下室的

rén dōu zǒu shàng dà jiē guān kàn kāi jìn chéng de hóng jūn duì
人都走上大街，观看开进城的红军队

wu xiè liào shā de mǔ qīn hé jiě jie zài hóng jūn duì wu zhōng
伍。谢廖沙的母亲和姐姐在红军队伍中

fā xiàn le xiè liào shā tā guāng zhe tóu yāo shàng chán zhe zǐ
发现了谢廖沙。他光着头，腰上缠着子

dàn dài jiān shàng bēi zhe bù qiāng shén qì de zǒu zài hóng jūn
弹袋，肩上背着步枪，神气地走在红军

zhàn shì de háng liè lǐ
战士的行列里。

在列辛斯基庄园的大门上，钉上了一块木板，上面写着：革命委员会。旁边贴着一张红色的宣传画：一个红军战士，两道炯炯有神的目光注视着看画的人，一只手指着看画人，下面写着：你参加红军了吗？

革委会主席多林尼克忘记了睡眠，忘记了休息，他正忙着筹建革命政权。党委会的负责人伊格纳季耶娃同志，是一个沉着坚强的女人，师政治部委派她和多林尼克一起组建苏维埃政权机构。

教育委员是切尔诺佩斯基，他是一个身材削瘦而匀称的中学教师。特务连的

^{zhàn shì zhù shǒu de gé wěi huì duì miàn}
战士驻守的革委会对面，^{zhàn shì men zhòu yè zhí}战士们昼夜值

^{qín}勤。^{yuàn zi lǐ āi zhe dà mén jià zhe jī qiāng}院子里挨着大门架着机枪，^{páng biān zhàn}旁边站

^{zhe liǎng gè shǒu chí bù qiāng de zhàn}
着两个手持步枪的战

^{shì}
士。

^{xiè liào shā yǐ}
谢廖沙已

钢铁是怎样炼成的

57

经是一个布尔什维克了，他担任乌克兰共产主义青年团区委书记。他的军服皮带上挂着好朋友保尔送给他的那把曼利赫尔手枪。他整天忙着执行革委会指派的各项工作。伊格纳季耶娃正等他一块儿去师政治部。

师政治

钢铁是怎样炼成的

部负责青年工作的是丽达·乌斯季诺奇。她才18岁，乌黑的短发，穿一件草绿色新制服，腰里扎一条窄皮带。谢廖沙从她那里领了一大捆宣传品，另外还特意送他一本关于共青团纲领和章程的小册子。

谢廖沙发展的第一个共青团员就是他姐姐瓦莉亚，因为他忙不过来，需要姐姐去动员姑娘们。瓦莉亚要求弟弟对这件事保密，不能让母亲知道，免得她担惊受怕。

钢铁是怎样炼成的

yí gè yán rè de xià tiān
一个炎热的夏天，

ā ěr jiāo mǔ zuò zài chuāng qián gěi
阿尔焦姆坐在窗前给

mǔ qīn niàn gāng gāng shōu dào de bǎo ěr
母亲念刚刚收到的保尔

de xìn xìn shàng shuō tā yǐ jing shì kē tuō fū sī jī qí
的信，信上说，他已经是科托夫斯基骑

bīng lǚ de yì míng zhàn shì le yīn wèi tuǐ shàng ái le yì
兵旅的一名战士了，因为腿上挨了一

qiāng mù qián zhèng zài yī yuàn yǎng shāng shuō bú dìng yǎng
枪，目前正在医院养伤，说不定养

hǎo shāng huì gěi jǐ tiān jià huí jiā kàn kan
好伤，会给几天假回家看看。

lì dá lǐng dǎo de shī zhèng zhì bù xuān chuán gǔ dòng
丽达领导的"师政治部宣传鼓动

有 19 岁，原来她已 31 岁了，1917 年就已入党，是拉脱维亚共产党的积极分子，目前在《真理报》工作。她和保尔、埃勃涅相处得非常融洽。

到了月底，保尔的病情恶化，医生不许他下床，保尔忍受着病痛，不让任何人看出他的痛苦，只有玛尔塔根据他苍白的脸色，才猜出几分。

保尔意外地收到了母亲的来信。老人告诉儿子，她有一个十多年没有见面的老朋友，叫阿莉比娜·丘察姆，住在离他不远的港口，希望儿子一定到她家去看一看。

保尔决定出院，疗养院的病友都到码头去送行。埃勃涅热

钢铁是怎样炼成的

liè de yōng bào hé qīn wěn
烈地拥抱和亲吻

bǎo ěr   jiù xiàng sòng
保尔 ，就像送

bié zì jǐ de qīn dì di   bǎo
别自己的亲弟弟。保

ěr de mù guāng méi yǒu zhǎo dào mǎ ěr tǎ   tā bú zài sòng xíng
尔的目光没有找到玛尔塔，她不在送行

de rén qún zhōng
的人群中。

dì èr tiān   bǎo ěr chéng zuò
第二天，保尔乘坐

yí liàng chǎng péng mǎ chē lái dào yí zuò
一辆敞篷马车来到一座

dài xiǎo huā yuán de xiǎo fáng zi
带小花园的小房子

qián   qiū chá mǔ jiù
前。丘察姆就

zhù zài zhèr
住在这儿。

qiū chá
丘察

mǔ jiā yǒu wǔ
姆家有五

kǒu rén   ā
口人：阿

lì bǐ nà shì
莉比娜是

yí gè pàng
一个胖

pàng de shàng
胖的上

了年纪的老妇人，显得郁郁寡欢。丘察姆老头儿肥得像一头猪，用令人不快的眼光打量着客人。大女儿廖莉亚是一个留着短发的年轻妈妈，身边有一个小男孩。18岁的二女儿达雅到工厂上班去了。

丘察姆一家亲切地接待了保尔，只是老头儿不太友好。保尔把自己母亲和家里的状况耐心地讲给阿莉比娜听。同时也问问他们一家的生活情况。

廖莉亚已22岁，心地善良，脸庞圆润，显得开朗大方，她与保尔一见如故，主动向保尔讲了家里的一些隐私。她不久前才与酒鬼丈夫离了

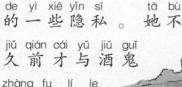

婚，现在失业在家，每天除了带孩子，就帮妈妈管管家务。

听廖莉亚说，她还有个弟弟叫乔治，眼下在列宁格勒。乔治是个地道的花花公子，每天只知吃好菜、喝好酒、穿漂亮衣服，傲慢自负，根本不把两个姐姐放在眼里。母亲宠爱他，把达雅的工资和从老头儿手里抠来的钱全寄给他。

这天很晚，达雅才回家。达雅同保尔握手问好，羞得脸红到耳根。达雅有一

双棕色大眼睛，两条蒙古形的细眉毛，端正的鼻子和红润的嘴唇。一身条纹布的工装上衣合身得体。

第二天晚上，全家人坐在两个老人的房间里喝茶，老丘察姆一边搅着茶杯里的糖，一边恶狠狠地说："现在没有规矩了，想结婚就结婚，想离婚就离婚，完全自由。可我老了老了，还得养活她和一个野孩子，太不像话了。"廖莉亚涨红了脸，眼里噙着泪水。

阿莉比娜

强忍住怒火，说："你这个老头子，当着客人的面，为什么谈这个？"老头儿冲到她跟前："该说什么用不着你来教训我！"

那天夜里，保尔久久未能入睡，他在想着怎样才能帮助母女三人摆脱老丘察姆的暴虐专制。一个偶然的机缘让他走进这个家庭，他决定采取行动，帮她们母女冲出牢笼。

一个星期日，保尔从城里回来，只有达雅一个人在家，保尔来到达雅的房间，在椅子上坐了下来，他决定试一试昨天拟订的一个方案："我很快就要走了，可是我不能扔下你们母女不管。你们的生

^{huó yīng gāi chè dǐ gǎi biàn} 活应该彻底改变。^{dá yǎ} 达雅，^{nǐ zěn me xiǎng de} 你怎么想的？"

"^{wǒ yě yǒu zhè gè yuàn wàng} 我也有这个愿望，^{kě shì wǒ méi yǒu lì} 可是我没有力^{liang} 量。"

^{bǎo ěr zhàn qǐ lái} 保尔站起来，^{bǎ yì zhī shǒu fàng zài tā de jiān} 把一只手放在她的肩^{shàng} 上："^{yào shi tū rán yǒu yí gè bàng xiǎo huǒ zi zhuī qiú} 要是突然有一个棒小伙子追求^{nǐ} 你，^{nǐ kěn jié hūn ma} 你肯结婚吗？"^{dá yǎ nán wéi qíng de shuō} 达雅难为情地说：

"你们这样的城里人找对象，是不会找我们的，我们对你们有什么用呢？"

几天之后，保尔要回哈尔科夫了。达雅、廖莉亚、阿莉比娜还有她的妹妹都到车站送行。临别时，阿莉比娜要他保证："不要忘记她们，帮助她的女儿们冲出牢笼。"达雅两眼饱含泪水。车开出好远，保尔看见她们还在向他挥手。

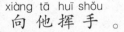

到了哈尔科夫，保尔住进他的朋友彼佳的寓所，休息了一下，就到中央委员会去找阿基

196

姆。阿基姆说："不行。目前你的身体需要休息，不宜工作。"但终究禁不住保尔的再三请求，只好给他安排了一份工作。

第二天，保尔就到中央委员会机要处上班了。

一个多月之后，保尔又卧床不起了。这一回阿基姆态度坚决："你必须住院！"保尔一把抓起阿基姆的手，紧贴在自己的

胸膛上："只要这颗心在跳动，就没有任何力量能使我离开党。能叫我离开战斗岗位的，只有死亡。记住这个吧！"

保尔的健康状况一天不如一天。越来越多的时间是在病床上度过的。中央委员会解除了他的工作并发给他一笔津贴，还把他的个人档案交给他随身带着，今后，他可以到任何他想去的地方。同时，保尔还领到了抚恤金和一张残疾证。

玛尔塔这时来了一封信，邀请保尔到她那里小住和休养。保尔不知不觉在玛尔

塔和她的女友娜佳的家里住了19天。玛尔

塔和娜佳每天一早就上班，晚上才回

来。她们临走时，总要嘱咐保尔："你一

个人在家，要好好儿休息呀！"

玛尔塔有很多藏书，保尔如饥似渴地

读着，一本接一本，没日没夜地狂读不

止。偶尔，晚上也会有一些玛尔塔的朋

友来看他，和他聊聊社会新闻。

丘察姆家来了几封

信，她们请他到

那里去，她们盼

望着他的帮

钢铁是怎样炼成的

zhù　　yì tiān zǎo chen　　bǎo ěr lí kāi le
助 。 一天早晨， 保尔离开了

mǎ ěr tǎ nà zuò ān jìng de zhù zhái　　dēng
玛尔塔那座安静的住宅， 登

shàng huǒ chē bēn xiàng nán fāng　　bēn xiàng nà
上火车奔向南方， 奔向那

wēn nuǎn de hǎi àn
温暖的海岸。

bǎo ěr dì èr cì dào qiū chá mǔ jiā　　shǐ zhè yì jiā de
保尔第二次到丘察姆家， 使这一家的

máo dùn jī huà dào le dǐng diǎn
矛盾激化到了顶点。

lǎo tóu zi yì shēng zhǐ huì liǎng mén shǒu yì　　dìng xié
老头子一生只会两门手艺——钉鞋

zhǎng hé zuò mù gōng　　xiàn zài wèi
掌和做木工， 现在为

le tóng bǎo ěr dǎo luàn　　tā
了同保尔捣乱， 他

gù yì bǎ gōng zuò tái
故意把工作台

bān dào bǎo ěr de
搬到保尔的

chuāng hu dǐ xià
窗户底下，

xìng zāi lè huò de
幸灾乐祸地

shǐ jìn qiāo dīng
使劲敲钉

zi　　tā xiǎng chǎo
子， 他想吵

de bǎo ěr kàn bù chéng shū
得保尔看不成书。

200

jiāo wài gōng yuán lǐ jì jìng wú rén yí liàng mǎ chē jiāng
郊外公园里寂静无人。一辆马车将
bǎo ěr lā dào zhè lǐ
保尔拉到这里。

bǎo ěr tè yì zhǎo dào zhè gè pì jìng de dì fang xiǎng
保尔特意找到这个僻静的地方，想
hǎo hāor huí gù yí xià zì jǐ de shēng huó wǎng shì yí mù
好好儿回顾一下自己的生活。往事一幕
mù shǎn guò yǎn qián jié guǒ tā fēi cháng mǎn
幕闪过眼前，结果他非常满
yì zhè yì shēng guò de hái bú
意，这一生过得还不
cuò
错。

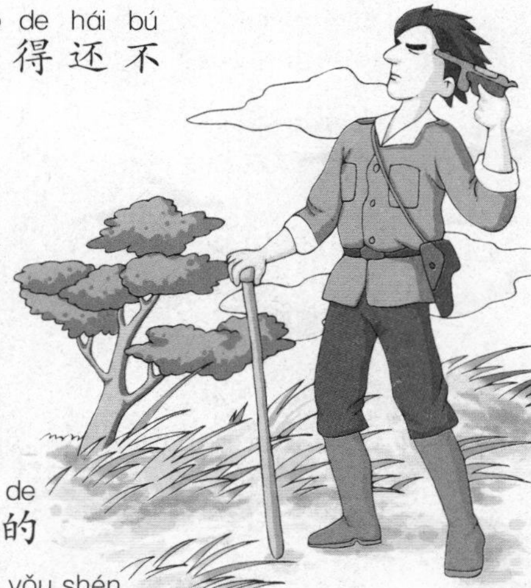

dàn shì jīn
但是，今
hòu ne tā yǐ shī
后呢？他已失
qù le zuì bǎo guì de
去了最宝贵的
dōng xi zhàn dòu de
东西——战斗的
néng lì huó zhe hái yǒu shén
能力，活着还有什
me yòng ne tā tāo chū le shǒu qiāng duì zhǔn zì jǐ de nǎo
么用呢？他掏出了手枪，对准自己的脑
dai
袋。

qiāng kǒu qīng miè de wàng zhe tā de yǎn jing tā bǎ shǒu
枪口轻蔑地望着他的眼睛。他把手
huǎn huǎn chuí le xià lái tā kāi shǐ zé mà zì jǐ zhè shì
缓缓垂了下来，他开始责骂自己：“这是

什么英雄？生活不下去，就一死了之。

他站了起来，回到了住处。

达雅还没有睡，保尔小声地探询：

"我能到你屋里和你谈谈吗？"

达雅犹豫了一下，便领着保尔走进自己的房间。他们在黑暗的房间里面对面

钢铁是怎样炼成的

坐下之后，保尔压低了声音，把这几个月来自己的心情和思考以及今天在郊外公园的经过都告诉了她。

达雅非常激动地听着他的讲述。保尔靠近她，把自己的手伸给她："小姑娘，你愿意做我的朋友，做我的妻子吗？"

达雅柔声地问："你不会抛弃我吧？""请相信，像我这样的人，是不会背叛朋友的，但愿朋友也不会背叛我。"

达雅紧贴着爱人的胸脯，双手搂住他，安心地睡着了。保尔一动也不动，生怕惊醒她的美梦，他对这个把一生托付给他的少女充满了爱怜和柔情。

廖莉亚在郊区找到了工作，她把母亲和儿子都带走了。

保尔和达雅也搬到很远的一个海滨小城里去了。他们拥有了一个自己的家，一个完全自由的天

wǒ fù shāng le ma   tā jǐ hū yòu
我负伤了吗？他几乎又

yào hūn guò qù le   dàn hái shi huí dá
要昏过去了，但还是回答

le yí jù   kàn bú jiàn   dàn shì néng
了一句："看不见，但是能

tīng jiàn   bǎo ěr zhēng zhá zhe huó guò lái
听见……"保尔挣扎着活过来

le   tā jiē shi de tǐ gé lìng suǒ yǒu de rén chī jīng
了，他结实的体格令所有的人吃惊。

yòu guò le yì zhōu   bǎo ěr qǐng qiú yī shēng ní nà bāng
又过了一周，保尔请求医生尼娜帮

tā xiě le dì yī fēng jiā xìn   tā shuō   shāng de hěn qīng
他写了第一封家信。他说，伤得很轻，

bù jiǔ jiù huì kāng fù   dào shí yí dìng
不久就会康复，到时一定

huí jiā kàn kan
回家看看。

bǎo ěr zài
保尔在

shòu shāng tiān zhī hòu dì yī cì lù chū xiào
受伤 20 天之后第一次露出笑

róng tā de shēn tǐ yǐ jīng rén de sù dù
容，他的身体以惊人的速度

kāng fù tā hé fú luó xiá chéng le hǎo péng
康复。他和弗罗霞成了好朋

you
友。

jīn tiān bǎo ěr bèi dì yī cì tuī shàng yī yuàn kuān
今天，保尔被第一次推上医院宽

chǎng de yáng tái tā shì duō me tān lán de hū xī xīn xiān kōng
敞的阳台，他是多么贪婪地呼吸新鲜空

qì ya tā liǎn shàng chán mǎn bēng dài zhǐ lòu chū yì zhī yǎn
气呀！他脸上缠满绷带，只露出一只眼

jing zhè zhī yǎn jing shǎn shǎn fā guāng bù tíng de zhuàn
睛，这只眼睛闪闪发光，不停地转

dòng zǐ xì guān chá zhe zhōu wéi de yí qiè hǎo xiàng shì chū
动，仔细观察着周围的一切，好像是初

cì jiàn dào tā
次见到它。

dào yuè rì
到 10 月 8 日，

bǎo ěr dì yī cì bú
保尔第一次不

yòng bié rén chān fú dú
用别人搀扶独

zì zài huā yuán sàn
自在花园散

bù hù shì wèn tā
步。护士问他

wèi shén me cóng wèi tīng
为什么从未听

78

到过他因疼痛而呻吟，他说："您读一读小说《牛虻》，就会明白了。"

保尔出院了。他眼睛上的绷带已经取掉，前额还包扎着。一只眼睛失明了，但从外表看，样子正常。医生、护理员和病友都依依不舍地和保尔告别，和这样一个好同志分手，都觉得十分难过。

出院后的最初一段时间，保尔是在布拉诺夫斯基家度过的，当时冬尼亚正在他家小住，他女儿塔吉亚娜是冬尼亚的朋

友。

保尔立刻作了吸引冬尼亚参加公益事业的尝试。他邀请她出席市共青团会议，她同意了。在那里，保尔看见别人都穿着褪了色的制服和短衫，只有冬尼亚打扮得花枝招展，心里很不痛快。

团委书记，一个穿粗布衬衣的装

钢铁是怎样炼成的

卸工人潘克托夫把保尔叫到一边，瞟了冬尼亚一眼，很不客气地问他："是你把这位资产阶级小姐带进来的吗？怎么能让她到这儿来呢？"保尔有些不服气，但忍住了，知道他是对的。

回家的路上，保尔对冬尼亚说："我早就对你说过，没必要这样出风头，摆阔气，你就是不明白。"这天晚上，他们的友谊开始破裂。

两人心里都明白，感情的破裂已不可避免。今天他们来到铺满落叶的公园，进行最后一次谈话。冬尼亚望着夕阳金色的余晖，忧伤地说："难道我们的友谊会像这落日一样黯淡消失吗？"

保尔望着她那熟悉的侧影和浓密的栗色头发，心头不禁涌起一股对这个曾经

是那么可亲可爱的姑娘的怜惜之情。他低
声答道："虚荣心害了你。你有勇气爱
一个工人，却不能爱他的工人阶级。和
你分手很遗憾。"

第二天，保尔在大街上看到一张布
告，上面印的是省肃反委员会主席费奥
多尔·朱赫来签署的一
道命令。他
的心跳了
起来，

tā jué dìng qù zhǎo zhè wèi lǎo péng you
他决定去找这位老朋友。

liǎng rén jiàn miàn shí fēn gāo xìng　zhū hè lái de zuǒ bì
两人见面十分高兴，朱赫来的左臂

yǐ bèi zhà dàn zhà diào le　tā men lì kè tán dào gōng zuò　zhū
已被炸弹炸掉了。他们立刻谈到工作，朱

hè lái shuō　nǐ jì rán bù néng zài shàng qián xiàn　jiù hé
赫来说："你既然不能再上前线，就和

wǒ yì qǐ lái zhèn yā fǎn gé mìng　míng tiān dào wǒ zhè lǐ lái
我一起来镇压反革命。明天到我这里来

shàng bān
上班。"

bǎo ěr rì yè shǒu hòu
保尔日夜守候

zài tiě lù jiāo tōng sù fǎn wěi
在铁路交通肃反委

yuán huì　zhí xíng zhe gè
员会，执行着各

zhǒng rèn wu　jiù zhù zài zhū
种任务，就住在朱

hè lái de fáng jiān lǐ
赫来的房间里。

yǒu yì tiān　bǎo ěr
有一天，保尔

tū rán kàn dào xiè liào shā zài yì jié mǎn zài dàn yào xiāng de chǎng
突然看到谢廖沙在一节满载弹药箱的敞

chē shàng　xiè liào shā cóng chǎng chē shàng tiào xià lái　chà diǎn
车上，谢廖沙从敞车上跳下来，差点

bǎ bǎo ěr zhuàng dǎo　tā men jǐn jǐn yōng bào zài yì qǐ
把保尔撞倒，他们紧紧拥抱在一起。

gāng gāng jiàn miàn　yòu yào fēn bié　xiè liào shā jí máng
刚刚见面，又要分别，谢廖沙急忙

qù zhuī gǎn zhèng jiā sù de liè chē bǎo ěr mù sòng zhe jiàn xíng
去追赶正加速的列车。保尔目送着渐行

jiàn yuǎn de liè chē tā wàn wàn méi yǒu xiǎng dào zhè shì tā
渐远的列车，他万万没有想到，这是他

tóng hǎo yǒu de zuì hòu yí cì huì miàn
同好友的最后一次会面。

yì zhōu hòu xiè liào shā zài wū kè lán yuán yě rù qiū de
一周后，谢廖沙在乌克兰原野入秋的

yì chǎng zhàn dòu zhōng xī shēng le yì kē fēi lái de liú dàn
一场战斗中牺牲了。一颗飞来的流弹

jī zhòng le tā tā méi yǒu hǎn jiào zhǐ shì yáo huàng le yí
击中了他。他没有喊叫，只是摇晃了一

xià shēn kāi shuāng bì jǐn
下，伸开双臂，紧

jǐn bào zhù xiōng kǒu suí
紧抱住胸口，随

zhī wān xià shēn pū dǎo
之弯下身，扑倒

zài dì tā nà shuāng
在地。他那双

lán sè de yǎn jing níng shì
蓝色的眼睛凝视

zhe yí wàng wú jì
着一望无际

de yuán yě
的原野。

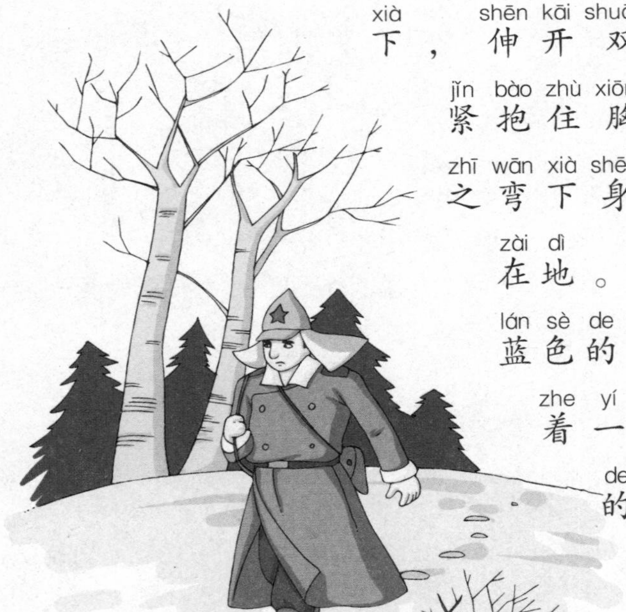

bǎo ěr
保尔

tóu tòng bìng jīng
头痛病经

常发作，有一次，他昏了过去。朱赫来和保尔谈了一次话，给他写了一封介绍信，叫他去共青团省委找一份合适的工作。

应保尔自己的请求，共青团省委将他派到铁路工厂，做不脱产的共青团团委书记。

1920 年 12 日，保尔坐火车回到了他熟悉的家乡。他踏上铺满白雪的站台，裹紧军大衣，快步穿过树林，直奔城里的大路。

母亲听到敲门声，开门后她认出全身落满雪花的人是保尔，她双手捂住胸口，高兴得说不出话来了。母亲把瘦小的身子贴紧儿子的胸脯，不停地吻着儿子的脸，流下了幸福的热泪。

钢铁是怎样炼成的

又过了三天，阿尔焦姆也在深夜肩挎行囊闯进了这间小屋，一家三口团聚了。可是保尔只住了两个星期就返回基辅了。

骄阳似火，把车站天桥的铁栏杆晒得滚烫。保尔从天桥高处的台阶上看见了人群中的丽达，她正向走下来的人群张望。

保尔默不作声地站在离她三步远的地方，端详着丽达。她穿一件条纹衬衫，蓝布短裙，一

钢铁是怎样炼成的

件皮夹克搭在肩上，蓬松的头发，黝黑的脸庞。保尔这才说："我已看见你多时了，你还没发现我。现在火车已进站了，快走吧！"

他们是受共青团省委的委派去县里参加团代会的。费了好大劲，才挤到了四号车厢跟前。门口守着一个肃反工作人员，他拦住一群要上车的人说："不行！车厢已超员了，你们不能上去。"

每节车厢的门口都挤成一团，保尔决定找一个突破口。他对守在门外的人说："我是军区特勤部的，现在要上车检查是否都有乘车证。""行啊！只要

nǐ zuān de jìn qù
你 钻 得 进 去 ！ ”

bǎo ěr fèi le jiǔ niú èr hǔ zhī
保尔费了九牛二虎之

lì shàng le chē zhǐ jiàn jǐ
力上了车，只见挤

de shuǐ xiè bù tōng de chē xiāng lǐ quán shì yóu tǒng ya xiāng zi
得水泄不通的车厢里全是油桶呀，箱子

ya kǒu dai ya kuāng zi lǒu zi ya zhàn mǎn le suǒ
呀，口袋呀，筐子、篓子呀，占满了所

yǒu de pù wèi shāng rén hé xiǎo fàn sān wǔ chéng qún kè zhe guā
有的铺位。商人和小贩三五成群嗑着瓜

zǐ chōu zhe yān dōng lā xī chě de xián liáo chē xiāng lǐ
子，抽着烟，东拉西扯地闲聊。车厢里

mēn de rén chuǎn bú
闷得人喘不

guò qì lái
过气来。

bǎo ěr nuó
保尔挪

kāi yì zhī tiě
开一只铁

tǒng téng kāi yì
桶，腾开一

diǎn dì fang kào
点地方，靠

jìn chē chuāng jiù
近车窗，就

tàn chū shēn zi
探出身子，

zhuā zhù lì dá de
抓住丽达的

shuāng shǒu jiāng tā lā le shàng lái shuō nǐ zuò xià wǒ
双 手 ， 将 她 拉 了 上 来 说 " 你 坐 下 ， 我

qù gēn tā men suàn zhàng
去 跟 他 们 算 账 。 "

bǎo ěr zhǎo dào le tiě lù sù fǎn wěi yuán huì xiàng guò
保 尔 找 到 了 铁 路 肃 反 委 员 会 ， 向 过

qù de lǎo shǒu zhǎng bù ěr mài sī jié ěr huì bào le sì hào chē
去 的 老 首 长 布 尔 麦 斯 捷 尔 汇 报 了 四 号 车

xiāng de qíng kuàng lǎo shǒu zhǎng lì kè mìng lìng shí míng wǔ
厢 的 情 况 。 老 首 长 立 刻 命 令 十 名 武

zhuāng sù fǎn rén yuán qù gè gè chē xiāng jìn xíng yí cì chè dǐ
装 肃 反 人 员 ， 去 各 个 车 厢 进 行 一 次 彻 底

de qīng chá bǎo ěr zhào lǎo xí guàn xié zhù jiǎn chá le zhěng tàng
的 清 查 。 保 尔 照 老 习 惯 协 助 检 查 了 整 趟

liè chē
列 车 。

jiǎn chá jié shù bǎo ěr
检 查 结 束 ， 保 尔

huí dào le lì dá suǒ zài
回 到 了 丽 达 所 在

de chē xiāng zhè lǐ
的 车 厢 。 这 里

zuò mǎn le xīn chéng
坐 满 了 新 乘

kè dōu shì chū
客 ， 都 是 出

chāi de gōng wù rén
差 的 公 务 人

yuán hé hóng jūn
员 和 红 军

zhàn shì
战 士 。

钢铁是怎样炼成的

89

一大堆成捆成捆的报
纸将丽达与保尔同邻人隔开
了，他们俩就在这狭小的地
方大口大口吃着面包和苹
果，一边愉快地谈论刚才发生的事件。

一天中午，保尔在铁路工厂接到了
丽达的电话："今天晚上讨论巴黎公社
失败的原因。"

保尔推开丽达房门的时候，看到她
床上躺着一个穿军服的男人。丽达和
他并排躺着，拥抱着他，两个人正兴高
采烈地聊天。丽达容光焕
发的脸朝保尔转
过来。

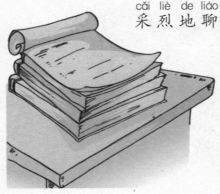

军人推开丽达
后，站起身，自我

介绍道："达维德·乌斯季诺维奇。"说完，便紧握住保尔的双手。丽达笑着说："没料到他从天而降。"

保尔握手时很冷淡，他看见达维德袖口上四个方块的军衔标志。"丽达同志，我来告诉你，今天我要去码头卸木材，正巧你这儿又有客人，我这就走了！"

钢铁是怎样炼成的

保尔快步下楼，把楼梯踩得咚咚响。丽达望着达维德疑惑的目光："他好像有什么事呢！"

保尔倚着天桥栏杆，望着岔道口上各色信号灯的闪光，眯缝起眼睛，讥讽地责备自己："为什么发现丽达有一个丈夫，就那样沉不住气呢？万一他是她的兄弟，我还有脸

跟她见面、说话呢？"

五个青年在铁路工

人区创办了一个小小

的公社。他们是保尔、

扎尔基、捷克小伙子克拉维切克、机车库

团支书尼古拉、铁路肃反委员会委员斯

乔潘。他们正在一起制定公社规则。

他们搞到一间房，把房子擦洗、粉

刷、油漆得焕然一新。他们提着水桶和

杂物跑来跑去。四张行军床、五个大

床垫里塞的是枯黄的树叶。墙上挂着

一幅大地图。两个

窗户之间架起

一块木板，

上面摆

放着一堆

shū
书。

全区共青团积极分子都来庆贺公社
成立盛典。从邻院借来了一个大茶
炊，大家一边喝茶，一边唱歌。烟厂女
工塔莉亚担任指挥，她的手向上一
扬，歌声就响起来："我们的旗帜在世
界飘扬，旗帜像火一样红，是我们的血
染成的。"

丽达给保尔打电话："今天晚上你
来吧！我有时间。上次我哥哥顺便路
过，来看看我，我们已两年没见面
了！"保尔决定到她那里去，应该结束那
份感情，不能重归于好。因为爱情只会
带来痛苦和烦恼。

他直视着她的眼睛，抓住桌子的橡
木边说道："大概我以后不能再到你这

钢铁是怎样炼成的

儿来了。"她那浓
眉向上一挑，手
中的铅笔撂在打开
的笔记本上："为
什么？"她那明亮的眼睛注视着他。

保尔坚定地说："你的课我听不太
懂。我的脑袋瓜不好使，你还是找个聪
明点的学生吧！"说完，他转过脸，
避开了她专注的目
光。

他站起

来，用脚挪

开椅子，

看一眼她那

低垂的头和

变得苍白的脸，

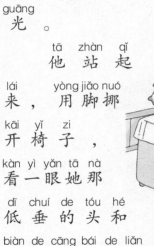

戴上了帽子。她机械地把手伸给他："既然过去我做得不合你的意，也没能使你理解我，今天的结果是我应得的。"

城里正在酝酿一场暴风雨。彼得留拉匪帮在舍佩托夫卡建立了暴动小组，他们决定深夜开始暴动，炸毁边防特勤部，释放囚犯，占领车站。

朱赫来在军区特勤部已六夜未合眼了，他是对暴动阴谋了如指掌的五个布尔什维克之一。

在城市某个地方的一个秘密接头点，暴动者已经决定：动手就在明天深夜时分。

朱赫来等五个布尔什维克决定抢先

一步，行动就在今天深夜。

步兵学校所在地的树林里静悄悄的。

掩映在树林深处的楼房没有灯光，仿佛人们睡熟了。但赶来集合的人们三三两两，快步疾行，悄无声息。每个人进入大铁门时必须出示证件。

大厅里已到了许多人，保尔走近杜巴瓦：“要出什么大事吧？”

dù bā wǎ hé yí gè gū niang bìng
杜巴瓦和一个姑娘并

jiān zuò zài chuāng tái shàng
肩坐在窗台上。

dù bā wǎ kāi
杜巴瓦开

wán xiào de shuō
玩笑地说：

bié hài pà   wǒ
"别害怕，我

huì jiāo nǐ dǎ zhàng
会教你打仗

de   ràng wǒ gěi nǐ
的。让我给你

jiè shào yí xià   zhè wèi
介绍一下，这位

gū niang jiào ān nà   shì
姑娘叫安娜，是

xuān chuán gǔ dòng zhàn zhàn
宣传鼓动站站

zhǎng   gū niang dīng zhe bǎo ěr de yǎn jing zhuó rán shǎn
长。"姑娘盯着保尔的眼睛灼然闪

guāng   jié máo yòu nóng yòu hēi   bǎo ěr jué dé zì jǐ de liǎn
光，睫毛又浓又黑，保尔觉得自己的脸

zài fā rè
在发热。

dà tīng lǐ yí piàn xuān huá   mǐ hā yī lā dēng shàng yǐ
大厅里一片喧哗，米哈伊拉登上椅

zi dà hǎn   dì yī zhōng duì dǎng yuán kuài lái jí hé   kuài
子大喊："第一中队党员快来集合！快

yì diǎn   zhè shí   shěng zhí xíng wěi yuán huì zhǔ xí   zhū
一点！"这时，省执行委员会主席、朱

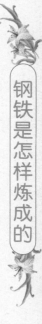

钢铁是怎样炼成的

hè lái hé ā jī mǔ yì qǐ zǒu jìn le dà tīng dà tīng lǐ yǐ
赫来和阿基姆一起走进了大厅。大厅里已
jǐ mǎn le zhěng hǎo duì de rén
挤满了整好队的人。

shěng zhí wěi huì zhǔ xí zài jiǎng tái shàng jǔ qǐ yì zhī
省执委会主席在讲台上举起一只
shǒu jiǎng huà tóng zhì men fǎn gé mìng bào dòng jiāng
手，讲话：“同志们！反革命暴动将
fā shēng zài míng tiān shēn yè wǒ men jīn tiān shēn yè jiù yào fěn
发生在明天深夜，我们今天深夜就要粉
suì tā men de yīn móu gěi nǐ men fēn zhōng lǐng qǔ wǔ
碎他们的阴谋！给你们15分钟领取武
qì zhěng dùn duì wu yóu zhū hè lái tóng
器，整顿队伍。由朱赫来同
zhì rèn zǒng zhǐ huī
志任总指挥。”

zhū hè lái fā chū
朱赫来发出
mìng lìng chū
命令：“出
fā sān
发！”三
bǎi rén zài
百人在
kōng wú yì
空无一
rén de jiē
人的街
dào shàng xíng jìn
道上行进。

yí liàng liàng zhe chē dēng de xiǎo qì
一辆亮着车灯的小汽

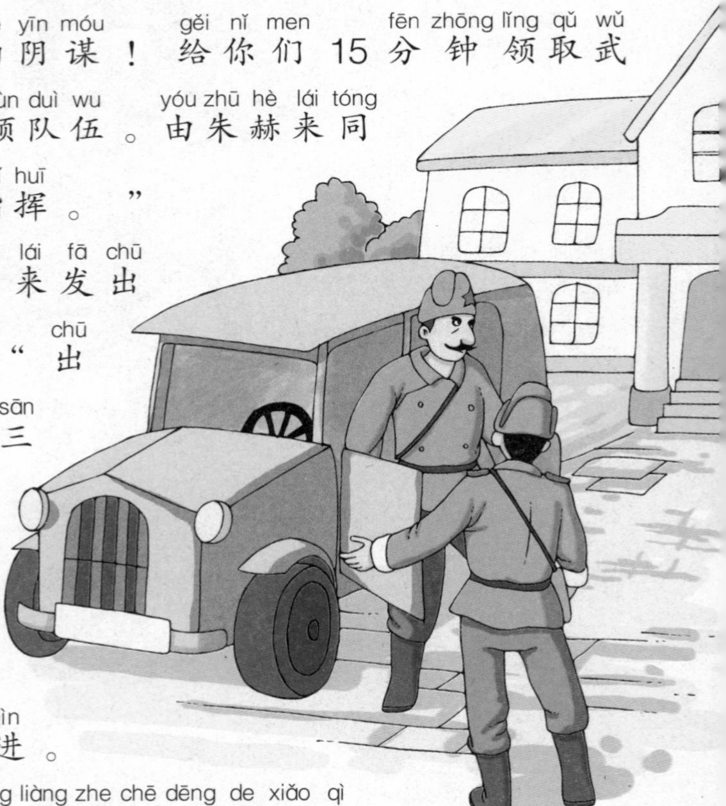

车在指挥部门前停下了。司机小李克特把他的父亲——本市的卫戍司令老李克特送来了。

首先打击阴谋分子的指挥部。其中有一个阴谋家住在叫做野蛮胡同的地方，老李克特亲自出马来到这里，就是为了从丘尔别特家中搜出阴谋行动军官团的名单。

在他家搜查出一箱手榴弹，还有一些名单和地址。丘尔别特本人不在家，设下埋伏之后，老李克特就坐在桌旁翻阅刚搜出来的材料。

一个年轻的军校学员在花园里站岗。

钢铁是怎样炼成的

jiù zài zhè shí qiáng tóu chū xiàn le yí gè rén yǐng tā kàn de
就在这时，墙头出现了一个人影，他看得
jiàn shào bīng yě kàn jiàn zhuō páng de lǎo lǐ kè tè
见哨兵，也看见桌旁的老李克特。

nà rén cóng shù shàng liū xià yì huī shǒu gàn diào le
那人从树上溜下，一挥手，干掉了
shào bīng zài yì qiāng shè shā le lǎo lǐ kè tè xuè rǎn de
哨兵。再一枪，射杀了老李克特，血染的
tóu lú tiē zài zhuō zi shàng chuāng bō lí bèi dǎ de fěn suì
头颅贴在桌子上，窗玻璃被打得粉碎。

xiōng shǒu tiào dào jiē shàng xiàng kōng kuàng dì táo pǎo
凶手跳到街上，向空旷地逃跑，
biān pǎo biān xiàng hòu kāi qiāng dàn yì kē
边跑边向后开枪，但一颗
chóu hèn de zǐ dàn zhuī shàng le
仇恨的子弹追上了
tā xiōng shǒu yǎng miàn dǎo xià
他，凶手仰面倒下。

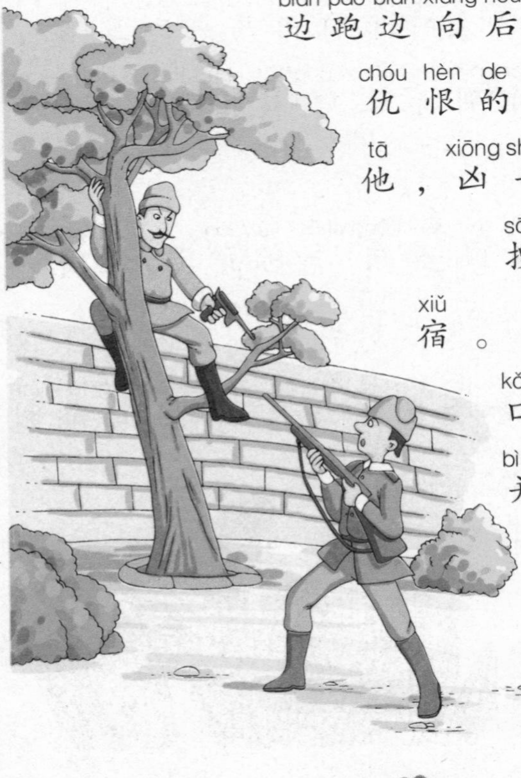

sōu chá jìn xíng le yì
搜查进行了一
xiǔ jǐ bǎi gè méi bào hù
宿。几百个没报户
kǒu zhèng jiàn kě yí
口、证件可疑
bìng cáng yǒu wǔ qì de
并藏有武器的
rén yóu sù fǎn wěi
人由肃反委
yuán huì jū liú chǔ
员会拘留处
lǐ bào dòng bèi
理。暴动被

制止了。

然而，一个新威胁来临了：铁路瘫痪
和接踵而来的饥饿与
严寒。革命政权必须为解决粮食和木柴
而奋斗。朱赫来沉思着，从嘴里取下烟
斗："出路只有一条：用三个月时间修一
条连接伐木场与车站的简易铁路。完成
这项工程需要350名工人和两名工
程师。我们把共青团派到那里去，怎么
样？"

铁路局长怀疑地摇头："未必会有
结果。在荒郊野地铺七俄里铁路，而且是
秋雨绵绵，接着是天寒地冻。"朱赫来
一挥手，打断他的话："早把你的铁路
管好，就不用着这份急了。我们必须把

tiě lù xiū tōng bù néng shù
铁路修通，不能束

shǒu dài bì ya
手待毙呀。"

tiān xià zhe yǔ lì
天下着雨，丽

dá mào yǔ dào chē zhàn sòng
达冒雨到车站送

dǎng wěi shū jì
党委书记

tuō kǎ liè fū qù
托卡列夫去

gōng dì zuì
工地，最

hòu jǐ zhī gōng
后几只工

jù xiāng yǐ zhuāng
具箱已装

shàng le chē lì dá wò zhù lǎo rén de shǒu shuō zhù nín
上了车。丽达握住老人的手说："祝您

chéng gōng
成功。"

huǒ chē kuài qǐ dòng shí lì dá wèn le yí jù bǎo
火车快启动时，丽达问了一句："保

ěr bú shì yě qù ma zěn me nián qīng rén zhōng méi yǒu jiàn dào
尔不是也去吗？怎么年轻人中没有见到

tā de yǐng zi ya lǎo rén
他的影子呀？"老人

shuō tā dǎ qián zhàn zuó tiān
说："他打前站，昨天

zuò guǐ dào chē xiān zǒu le
坐轨道车先走了。"

小车站孤零零地坐落在一片树林里。它有一个石头砌的装卸货物的站台，一条松土铺的路基从站台伸向树林。人们正像蚂蚁一样在路基上忙碌着。路基

两旁的人发狂似的挖着土。

冰凉的雨水渗进人们的衣服。黏土像稀粥一样从路基上流淌下来。里外湿透的衣服又重又凉。人们干到很晚才收工。

钢铁是怎样炼成的

离车站不远有一座石头房的空架子，房里只剩下没有被劫去的水泥地。晚上，四百工人穿着湿透的满是泥浆的衣服，就睡在冰冷的水泥地上。一间破旧不堪的板棚，算是厨房，工人在这儿喝完早茶。就去工地干活。午饭也只有一份素扁豆汤和一磅黑面包。筑路队以惊人的毅力经受着种种磨难。

修路工作艰难地进行着。第一批工人马上到期了，第二批还没有着落。而且没有枕木，没有运来铁轨和机车的车辆。旧板棚里点着一盏油灯，筑路队积极分子的

会一直开到深夜。

第二天宣布党团员在第二批人没来之前，一律留下来继续干。

120人聚集在板棚里，有靠墙的，有坐在桌上的，有爬上灶台的。托卡列夫讲话不长，但当他宣布"明天共产党员和共青团员都不能回城"时，人们喧吵起来，有人叫喊"累死了"，有人唉

声叹气。

这时，有个人叫喊道："那么，非党团员可以走喽？"潘克拉托夫斩钉截铁地回答："可以！"说话的人穿着短外套，挤到桌跟前，扔出一张小纸片，说："请收回吧！这是我的团证，我可不愿为这么一张纸片卖命！"

他的话把全场的人给激怒了，爆发出一片斥责声："叛徒！""你钻进共青团，是为了升官发财！""把他赶出去！""赶走这传染瘟疫的家伙！"扔掉了团证的人低着头穿过人群向门口走去。

潘克拉托夫捏紧被抛下的团证，向火苗伸去。硬纸片烧着了，卷起来，变成了一个烧焦的小圆筒。

已经下了第一场雪。工地的条件越来越艰苦，去工地的第二批人已逃走了一半。坚持下来的240人，每天铺路一百俄尺，就把枕木直接铺到冻土

上，放进刨出的座槽里。

匪徒们突然袭击了工地。树丛中隐藏着的枪筒一齐发射，喷出一道道火光。子弹打下墙上片片泥皮，刚装上的窗框玻璃也被打得粉碎。

被枪声惊醒的人们被纷飞的子弹压倒在水泥地上起不了身。保尔正想跑出去，一把被杜巴瓦抓住："趴下！一露头，你就会没命的！"杜巴瓦一只手握住手枪，卧在门口，枪口随时准备射出复仇的子弹。

"同志们！手里有枪的人都到这里来！"杜巴瓦命令趴在地上的人。保尔小心地把门打开，一个人影也看不见。十多个骑马的人消失在森林边上。

午饭时，飞快开来了一辆轨道车。朱赫来和阿基姆从车上走下来。一挺马克沁机枪、几箱子弹和20枝步枪从车上卸下来。托卡列夫和霍利瓦来迎接他们。

钢铁是怎样炼成的

111

tuō kǎ liè fū xiàng zhū hè lái sù kǔ　　　fěi bāng xí
托卡列夫向朱赫来诉苦："匪帮袭

jī hái bù zěn me kě pà　　　dǎo méi de shì qián miàn dǎng gè xiǎo
击还不怎么可怕，倒霉的是前面挡个小

shān bāo　　chǎn chú tā xū yào hěn duō tǔ fāng　　　tuō kǎ liè
山包，铲除它需要很多土方。"托卡列

fū zhuǎn shēn bèi zhe fēng diǎn rán yì zhī yān　　zhū hè lái méi yǒu
夫转身背着风点燃一枝烟，朱赫来没有

fàng màn jiǎo bù　　zhǐ guǎn xiàng qián zǒu
放慢脚步，只管向前走。

tā liǎ gǎn shàng le zhū hè lái　　tuō kǎ liè fū xīng fèn
他俩赶上了朱赫来，托卡列夫兴奋

de shuō　　　xiàn zài nǐ qīn yǎn kàn dào le ba　　gōng chéng jìn
地说："现在你亲眼看到了吧！工程进

zhǎn yǐ liǎng gè yuè le　　　dì sì bān yě kuài huí qù le　　kě wǒ
展已两个月了，第四班也快回去了，可我

men de dǎng tuán gǔ gàn yì kǒu qì yě méi xiē　　tā men zhōng yí
们的党团骨干一口气也没歇，他们中一

bàn rén dōu shòu le fēng　　　　　hán　　kàn zhe zhè xiē
半人都受了风　　　　　寒，看着这些

112

小伙子，真叫人心疼啊！"

靠近小山包前面的一段路基，已被垫平了。

工地上只有老铺路工人拉古金懂得技术。他54岁了，留着两撇小黑胡子，一根白发也没有。他自愿留在工地管铺轨的工作。他和年轻

人一样，忍受着各种艰难困苦，人们都很尊敬他。

当朱赫来一行人走近干活的人群时，汗流浃背的潘克拉托夫正用斧头砍一个放枕木的座槽。"啊，省领导来了！"他说着，把一只汗湿的热手伸向阿基姆。阿基姆心疼地看着周围一张张瘦

削而苍白的面孔。

朱赫来一行人走近小山包。坡上的人发现了他们，保尔连铁锹也顾不得放，迎着朱赫来跑下坡去。

朱赫来跟保尔握手："你好啊！保尔！穿上这套七拼八凑的衣服，认不出来了。"潘克拉托夫笑着说："开小

差的人偷走了他的军大
衣，这破上衣是他们
公社奥库涅夫给他的。
你看他的五个脚指头全
都露在外边。"

翘鼻子的奥库涅夫眯缝着眼说："可
不能让保尔累趴下。我们会叫他去厨房
帮工，只要他不是傻瓜，他就可以靠着火
炉或靠着奥达尔卡暖暖身子。"工地
上爆发出一阵友好的哄笑声。这是今
天人们听见的第一次笑声。

朱赫来望着工地上这些紧张劳动
的人们，眼里露出赞许和疼爱："托卡列
夫同志！这里没有谁需要鼓动了，你说
得对，他们确实是我们的无价之宝。钢铁
就是这样炼成的！"

pà tuō shí jīn xiàng zhū hè lái
帕托什金向朱赫来

jì suàn le yì fān shuō　　yào zài
计算了一番说："要在

liǎng zhōu nèi wā kāi xiǎo shān bāo shì bù kě
两周内挖开小山包是不可

néng de　　zhū hè lái shuō　　bǎ rén cóng shān bāo shàng chè
能的。"朱赫来说："把人从山包上撤

xià lái　　diào dào qián miàn pū lù　　wǒ huì lìng xiǎng bàn fǎ duì
下来，调到前面铺路。我会另想办法对

fu zhè gè xiǎo shān bāo
付这个小山包。"

zhū hè lái zài chē zhàn diàn huà páng zuò le hěn jiǔ　　tā
朱赫来在车站电话旁坐了很久。他

gěi jūn qū cān móu zhǎng dǎ diàn huà　　qǐng tā lì kè pài pǔ zī
给军区参谋长打电话，请他立刻派普兹

liè fū sī jī bīng tuán lái zhè yí dài jiǎo miè
列夫斯基兵团来这一带剿灭

fěi bāng　　lìng pài yí liè zhuāng jiǎ
匪帮。另派一列装甲

chē hé jǐ gè bào pò
车和几个爆破

116

shǒu dào zhù lù gōng dì jiě jué xiǎo shān bāo de wèn tí
手到筑路工地解决小山包的问题。

zhū hè lái yòu zài bǎn péng zhào kāi dà huì   tā duì zhù lù
朱赫来又在板棚召开大会，他对筑路

gōng rén shuō   gōng chéng bì xū àn jì huà zài   yuè   rì
工人说：“工程必须按计划在1月1日

qián wán chéng   tā yòu jiāng shèng xià de pū lù gōng chéng píng
前完成。”他又将剩下的铺路工程平

jūn fēn chéng liù duàn   měi gè xiǎo duì chéng dān yí duàn
均分成六段，每个小队承担一段。

tí qián wán gōng de xiǎo duì kě yǐ tí qián huí chéng xiū xi
“提前完工的小队可以提前回城休息，

bìng gěi zhè gè xiǎo duì de yōu
并给这个小队的优

xiù gōng rén bān fā hóng qí xūn
秀工人颁发红旗勋

zhāng
章。”

huì chǎng xiǎng
会场响

qǐ le rè liè de
起了热烈的

cháng jiǔ de zhǎng
长久的掌

钢铁是怎样炼成的

117

钢铁是怎样炼成的

shēng
声，一张张苍白的脸上绽开了笑
róng
容。

èr shí lái gè rén cù yōng zhe ā jī mǔ hé zhū hè lái
二十来个人簇拥着阿基姆和朱赫来，

bǎ tā men sòng shàng le guǐ dào chē zhū hè lái hé bǎo ěr wò
把他们送上了轨道车。朱赫来和保尔握

bié shí shuō wǒ gěi nǐ shāo shuāng xuē zi lái nǐ de jiǎo
别时说："我给你捎双靴子来，你的脚

hái méi dòng huài ba bǎo ěr shuō hǎo xiàng yǐ jing zhǒng
还没冻坏吧？"保尔说："好像已经肿

qǐ lái le nǐ néng fǒu gěi wǒ jǐ
起来了。你能否给我几

fā shǒu qiāng zǐ dàn
发手枪子弹？"

zhū hè lái háo bù
朱赫来毫不

yóu yù de zhāi xià le zì
犹豫地摘下了自

jǐ de máo sè
己的毛瑟

qiāng wǒ
枪："我

bǎ zhè gè sòng
把这个送

gěi nǐ shuō
给你。"说

zhe jiù bǎ tā guà
着，就把它挂

zài bǎo ěr jiān shàng
在保尔肩上

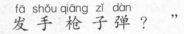

了。"不过你要特别小心，不要伤到自己人。这枝枪还有满满三夹子弹呢。"

清晨，装甲列车轰隆隆驶进车站，从装甲车厢走出几个紧裹皮衣的人。

三名爆破手将两包炸药埋进山包，从中拉出几条长长的导火线，随之，打响了信号枪，人们纷纷逃离危险现场。火柴点着了一根导火索，冒出明亮的蓝色火光。

几声惊天动地的响声过后，刚才还是小山包的地方，出现了一

钢铁是怎样炼成的

gè zhāng zhe dà kǒu de shēn kēng fāng yuán jǐ
个张着大口的深坑。方圆几

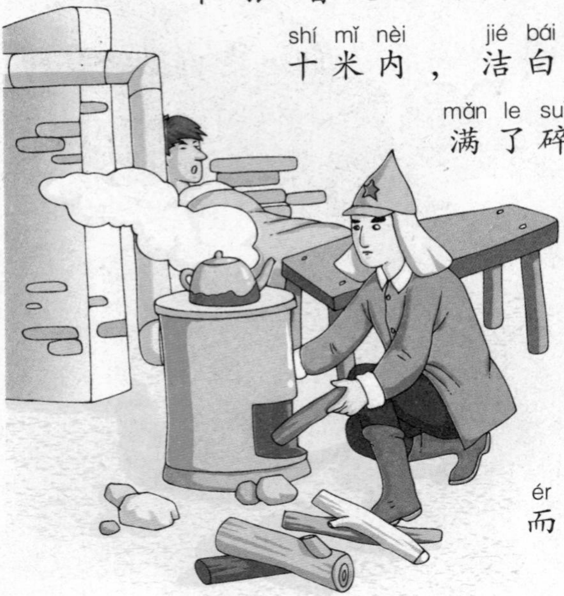

shí mǐ nèi jié bái de xuě dì shàng luò
十米内，洁白的雪地上落
mǎn le suì tǔ kuàir rén
满了碎土块儿。人
men huān hū zhe
们欢呼着，
jǔ zhe qiāo káng zhe
举着锹扛着
gǎo xiàng zhà kāi
镐，向炸开
de shēn kēng fēi bēn
的深坑飞奔
ér qù
而去。

zhū hè lái lí
朱赫来离
kāi zhī hòu liù gè xiǎo duì zhī jiān qiāo qiāo de zhǎn kāi le gèng
开之后，六个小队之间悄悄地展开了更
wán qiáng de zhēng duó jǐn biāo sài tiān hái méi liàng bǎo ěr jiù
顽强的争夺锦标赛。天还没亮，保尔就
shāo kāi yì tǒng qī chá de shuǐ zhuǎn shēn qù jiào xǐng le dì wǔ
烧开一桶沏茶的水，转身去叫醒了第五
xiǎo duì de duì yuán men
小队的队员们。

quán zhōng duì de rén zài bǎn péng hē zǎo chá de shí hou
全中队的人在板棚喝早茶的时候，
pān kè lā tuō fū jǐ dào dù bā wǎ gēn qián kàn dào méi
潘克拉托夫挤到杜巴瓦跟前：“看到没
yǒu bǎo ěr hé tā men xiǎo duì xiàn zài kě néng yǐ pū le shí é
有？保尔和他们小队现在可能已铺了十俄

chǐ le
尺了。"杜巴瓦的心也酸溜溜的，保尔是

tā de hǎo péng you   kě yě méi gēn tā dǎ zhāo hu   jiù xiàng
他的好朋友，可也没跟他打招呼，就向

quán zhōng duì tiǎo zhàn le
全中队挑战了。

chéng lǐ gè bù mén dōu níng jǐn le xián   quán lì zhī yuán
城里各部门都拧紧了弦，全力支援

zhù lù gōng dì   qū tuán wěi de rén dōu zǒu guāng le   zhá ěr
筑路工地。区团委的人都走光了。扎尔

jī dào tiě lù zhuān kē xué xiào qù dòng yuán   yǒu   gè xué
基到铁路专科学校去动员，有60个学

sheng bèi pài qù gōng dì
生被派去工地。

zhū hè lái cóng tiě lù jú nòng dào sì jié kè
朱赫来从铁路局弄到四节客

chē chē xiāng   diào dào bó yà ěr kǎ chē
车车厢，调到博亚尔卡车

zhàn   gěi xīn dào de
站，给新到的

gōng rén zhù sù
工人住宿。

bào fēng xuě tū rán
暴风雪突然

xí lái   chāng kuáng le
袭来，猖狂了

yí yè   jǐ mǎn le rén
一夜。挤满了人

de pò wū zi gēn běn dǎng
的破屋子根本挡

bú zhù hán fēng   suī rán
不住寒风。虽然

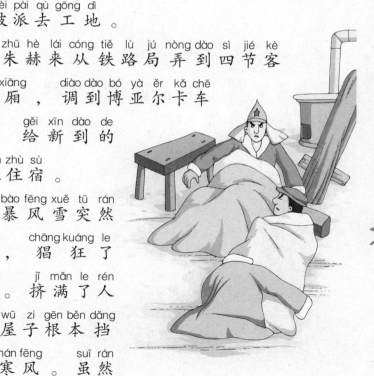

钢铁是怎样炼成的

整夜都生着炉火，依然把睡在地上的人浑身冻透。

上工的人们双脚深陷在雪里，行走艰难。保尔的破上衣不保暖，脚上的一只套鞋总是灌满雪，有时掉在雪里，找也找不到。另一只破靴的底也快脱落了。

一列客车有气无力、慢吞吞地爬进了博亚尔卡车站的预备线上，停下了。火车司炉问站长："喂！车上一块木柴也没有了，哪儿可以弄到木柴？"

站长和列车长跑去找托卡列夫，托卡列夫回答："木柴

可以给，但条件是除了妇女儿童可以留在车上，其他人都得下车去铲雪。干到晚上，就给木柴。不干，你们就坐在那儿等到新年。"

托卡列夫给保尔领来一百人："给他们派活干，不许他们偷懒。"

有一个戴皮帽、穿铁路制服皮大衣的高个子男人，正跟他身旁的一个妇女在说话："我才不铲雪呢！谁也没有权利强迫我。"那妇女头顶海狗皮帽，顶上缀着一个小绒球。

保尔走上前去，问：

"公民，为什么您不干活？"

男人轻蔑地打量着保尔："你是什么人？你把工长给我找来！"

保尔转过身问那位妇女："女公民，您也不愿意干活吗？"站在保尔面前的竟是冬尼亚！

冬尼亚不久前结了婚，她丈夫在某城铁路管理局担任重要职务。没有想到会在这种境况下遇到自己少年时代的恋人。她窘得满面通红，竟无法开口说话。

高个子把木锹往地上一扔，对冬尼亚说："咱们走吧！这个穷光蛋我实在看不下去了。"保尔回敬了一句:"你不过是个还没有断气的资本家!"

冬尼亚说服了自己的丈夫,一起留下来干活。

傍晚收工之后,冬尼亚放慢脚步,等着走在最后的保尔:"我还以为你早就当上政委或别的什么首长了呢!你的生活怎么搞成这个样子?"保尔说:"我也没想到你

huì biàn de zhè me suān chòu
会变得这么酸臭。"

dōng ní yà de liǎn hóng
冬尼亚的脸红

dào ěr gēn tā shuō nǐ hái shi nà me cū
到耳根，她说："你还是那么粗

lǔ bǎo ěr bǎ mù xiān wǎng jiān shàng yì káng dà bù
鲁！"保尔把木锨往肩上一扛，大步

xiàng qián zǒu qù hū rán huí guò tóu lái yòu shuō le yí jù
向前走去，忽然回过头来又说了一句，

nǐ hún shēn sàn fā chū yì zhǒng zhāng nǎo qiú de chén fǔ qì
"你浑身散发出一种樟脑球的陈腐气

wèi xiàn zài nǐ wǒ zhī jiān yǐ wú huà kě shuō le
味，现在，你我之间已无话可说了。"

kè lā wéi qiē kè cóng chéng lǐ lái le dài lái le tā
克拉维切克从城里来了，带来了他

kǎo de zuì hòu yì lú miàn bāo
烤的最后一炉面包。

jiàn guò tuō kǎ liè fū
见过托卡列夫

hòu　tā zhǎo dào le zhèng zài gàn huó de bǎo ěr　cóng dà kǒu
后，他找到了正在干活的保尔，从大口

dai lǐ chōu chū yí jiàn jīng zhì de huáng sè máo pí jiā kè
袋里抽出一件精制的黄色毛皮夹克：

cāi cāi　shéi sòng de　shì lì dá gěi nǐ de　bǎo ěr
"猜猜，谁送的？是丽达给你的。"保尔

chuān shàng　gǎn dào shēn tǐ hé xīn lǐ dōu kāi shǐ nuǎn huo
穿上，感到身体和心里都开始暖和

le
了。

zhù lù gōng chéng jiē jìn wěi shēng　dàn jìn dù yuè lái yuè
筑路工程接近尾声，但进度越来越

màn　yán hán hé fēng xuě zǔ dǎng le tā men　gōng dì shàng fā
慢。严寒和风雪阻挡了他们。工地上发

xiàn le shāng hán　yǐ yǒu sān gè rén
现了伤寒，已有三个人

bìng dǎo le
病倒了。

kě pà de shāng hán
可怕的伤寒

zài gōng dì sì nüè   měi tiān dōu yǒu shí jǐ gè rén dǎo xià   bǎo
在 工 地 肆 虐 ， 每 天 都 有 十 几 个 人 倒 下 。 保

ěr lián xù wǔ tiān fā zhe gāo shāo   dàn tā réng jiān chí zài gōng
尔 连 续 五 天 发 着 高 烧 ， 但 他 仍 坚 持 在 工

dì shàng gàn huó   zuì hòu zhōng yú shī qù zhī jué   hūn dǎo zài
地 上 干 活 ， 最 后 终 于 失 去 知 觉 ， 昏 倒 在

zhàn tái shàng
站 台 上 。

pān kè lā tuō fū hé yā yùn liè chē lái de dù bā wǎ shāng
潘 克 拉 托 夫 和 押 运 列 车 来 的 杜 巴 瓦 商

yì jué dìng   wěi tuō bǎo ěr de tóng xiāng
议 决 定 ， 委 托 保 尔 的 同 乡

ā liào shā hù sòng tā huí gù xiāng
阿 廖 沙 护 送 他 回 故 乡 。

chē zhàn sù fǎn rén yuán
车 站 肃 反 人 员

huò lì yà wǎ bǎ bǎo ěr de máo
霍 利 亚 瓦 把 保 尔 的 毛

sè qiāng jiāo gěi ā liào
瑟 枪 交 给 阿 廖

shā   shéi yào bǎ bǎo
沙 ： " 谁 要 把 保

ěr tái xià chē   nǐ jiù
尔 抬 下 车 ， 你 就

yòng zhè gè zhào shéi dǎ
用 这 个 照 谁 打 。

wǒ huì tōng zhī quán
我 会 通 知 全

xiàn gè zhàn   xié
线 各 站 ， 协

zhù nǐ bǎ tā sòng
助 你 把 他 送

钢铁是怎样炼成的

128

huí jiā
回家。"

huǒ chē kāi dòng le
火车开动了。

zài yí gè shū niǔ chē shàng
在一个枢纽车上，

cóng kè chē de yì jié chē xiāng lǐ tái chū
从客车的一节车厢里抬出

le yí jù wú míng qīng nián de shī tǐ
了一具无名青年的尸体。

sǐ zhě yǒu yì tóu yà má sè de tóu fa
死者有一头亚麻色的头发。

chē zhàn sù fǎn rén yuán
车站肃反人员

xiǎng qǐ huò lì yà wǎ de zhǔ tuō
想起霍利亚瓦的嘱托，

jiù gěi tā dǎ le diàn huà
就给他打了电话，

shuō tā suǒ qǐng qiú jiā yǐ tè bié guān zhào de rén yǐ qù shì
说他所请求加以特别关照的人已去世

le
了。

lì dá dé zhī zhè gè xiāo xi
丽达得知这个消息，

yǐ wéi bǎo ěr sǐ le
以为保尔死了，

tā shī shēng tòng kū
她失声痛哭，

bìng zài rì jì shàng xiě dào
并在日记上写道："

bǎo ěr
保尔

de sǐ xiàng wǒ jiē shì le zhēn qíng
的死向我揭示了真情：

duì wǒ lái shuō tā bǐ
对我来说，他比

wǒ yuán lái suǒ xiǎng de gèng zhēn guì
我原来所想的更珍贵。"

rán ér
然而，

ā liào shā què bú fù
阿廖沙却不负

zhòng wàng
众望，

bǎ zhòng bìng de bǎo ěr
把重病的保尔

sòng dào le jiā
送到了家。

bú guò
不过，

tā zì jǐ yě huàn
他自己也患

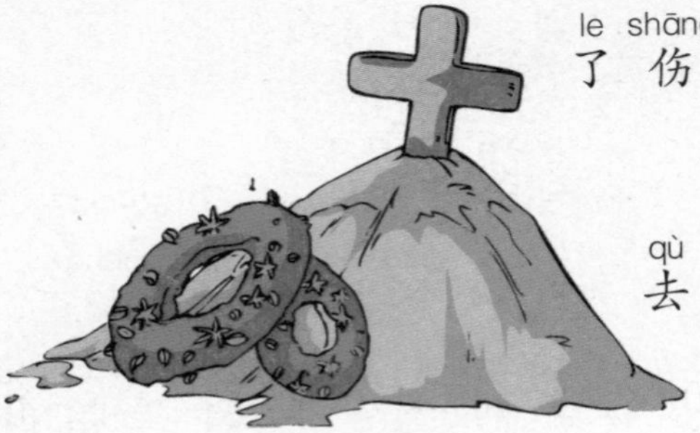

le shānghán bìng dǎo le
了伤寒，病倒了。

shāng hán méi yǒu duó
伤寒没有夺
qù bǎo ěr de shēng mìng
去保尔的生命。
yí gè yuè hòu bǎo
一个月后，保
ěr zhōng yú yòu néng zhàn qǐ lái le mā ma chān fú zhe tā zǒu
尔终于又能站起来了，妈妈搀扶着他走
dào chuāng qián jī xuě róng huà zài yáng guāng xià shǎn shǎn fā
到窗前，积雪融化，在阳光下闪闪发
liàng
亮。

xiū xi le jǐ tiān bǎo ěr dāi bú zhù bù zhī bù jué
休息了几天，保尔待不住，不知不觉
lái dào yí piàn xiǎo sōng lín de liè shì mù dì xiè liào shā de jiě
来到一片小松林的烈士墓地。谢廖沙的姐
jie wǎ lì yà hé tā de tóng zhì men jiù zàng zài zhè lǐ bǎo ěr
姐瓦莉亚和她的同志们就葬在这里。保尔
huǎn huǎn zhāi xià mào zi yì gǔ jí dù de bēi shāng chōng mǎn
缓缓摘下帽子，一股极度的悲伤充满
le tā de xīn
了他的心。

rén zuì bǎo guì de shì shēng mìng wǒ bù néng xū dù
“人最宝贵的是生命，我不能虚度
nián huá yě bù néng lù lù wú wéi wǒ yào bǎ zhěng gè shēng
年华，也不能碌碌无为，我要把整个生
mìng hé quán bù jīng lì dōu xiàn gěi rén lèi de jiě fàng shì
命和全部精力都献给人类的解放事
yè bǎo ěr huái zhe zhè yàng de xiǎng fǎ lí kāi le liè
业。”保尔怀着这样的想法，离开了烈

^{shì gōng mù}
士公墓。

　　^{jiā lǐ} ，^{mǔ qīn zhèng zài gěi ér zi shōu shi xíng}
　　家里，母亲正在给儿子收拾行

^{zhuāng} 。^{bǎo ěr fā xiàn mǔ qīn zài bèi zhe tā tōu tōu liú lèi}
装。保尔发现母亲在背着他偷偷流泪。

　　^{bǎo ěr bān zhù mǔ qīn de jiān bǎng} ，^{bǎ tā lā dào zì jǐ}
　　保尔扳住母亲的肩膀，把她拉到自己

^{de huái lǐ} ：“^{mā ma} ，^{zhōng yǒu yì tiān} ，^{wǒ men huì bǎ}
的怀里：“妈妈，终有一天，我们会把

^{nǐ men ān pái dào zī chǎn jiē jí de gōng diàn lǐ qù} ，^{ràng nǐ}
你们安排到资产阶级的宫殿里去，让你

^{men yě zài wēn nuǎn de yáng guāng xià shài shài lǎo gǔ tou}
们也在温暖的阳光下晒晒老骨头。”

　　　　　　^{bǎo ěr dú zì yì rén lái dào}
　　　　　　保尔独自一人来到

^{le chē zhàn} 　　^{rén}
了车站。人

钢铁是怎样炼成的

men zài zhēng xiān kǒng hòu de wǎng
们 在 争 先 恐 后 地 往

chē xiāng lǐ jǐ
车 厢 里 挤。

bǎo ěr lái
保 尔 来

dào jūn qū tè qín
到 军 区 特 勤

bù zhǎo zhū hè
部 找 朱 赫

lái   jǐng wèi duì
来。 警 卫 队

zhǎng gào su tā   tā
长 告 诉 他:" 他

liǎng gè yuè qián jiù diào dào tǔ ěr
两 个 月 前 就 调 到 土 尔

kè sī tǎn qián xiàn qù gōng zuò
克 斯 坦 前 线 去 工 作

le   bǎo ěr fēi cháng shī wàng
了。"保 尔 非 常 失 望。

tā yòu lái dào lì dá de zhù suǒ   qīng qīng qiāo le qiāo
他 又 来 到 丽 达 的 住 所, 轻 轻 敲 了 敲

mén   lái kāi mén de shì yí gè mò shēng de nián qīng fù nǚ
门, 来 开 门 的 是 一 个 陌 生 的 年 轻 妇 女:

nín zhǎo shéi   lì dá   wū sī jì nuò wéi qí
" 您 找 谁?"" 丽 达 · 乌 斯 季 诺 维 奇。"

tā bú zài   yǐ jing diào dào mò sī kē qù le
" 她 不 在, 已 经 调 到 莫 斯 科 去 了。"

bǎo ěr zuì hòu lái dào le pān kè lā tuō fū jiā mén kǒu
保 尔 最 后 来 到 了 潘 克 拉 托 夫 家 门 口。

lái kāi mén de shì yí gè lǎo tài pó   tóu shàng bāo zhe yí kuàir
来 开 门 的 是 一 个 老 太 婆, 头 上 包 着 一 块

132

儿头巾，她是潘克拉托夫的母亲。老人回头向屋里叫："伊格纳特，有人找你！"

保尔和她一起进屋，把行李包放在地上。潘克拉托夫正在吃着面包，回头对他说："请先坐下，我得把这碗汤灌下

钢铁是怎样炼成的

qù
去。”

bǎo ěr zài tā páng biān de yǐ zi shàng zuò xià　　zhāi xià
保尔在他旁边的椅子上坐下，摘下

mào zi　cā le cā tóu　xīn xiǎng　nán dào lián tā yě rèn bù
帽子，擦了擦头，心想：难道连他也认不

chū wǒ le　　pān kè lā tuō fū hē wán tāng　biàn zhuǎn xiàng
出我了？潘克拉托夫喝完汤，便转向

tā　　shuō ba　　nǐ yǒu shén me shì
他："说吧，你有什么事？”

bǎo ěr wàng zhe tā xiào qǐ lái　　shì nǐ　bǎo ěr
保尔望着他笑起来。"是你！保尔！

wǒ men yǐ wéi nǐ sǐ le ne　　　tīng dào jiào hǎn　tā jiě jie
我们以为你死了呢！”听到叫喊，他姐姐

hé mǔ qīn cóng gé bì fáng jiān pǎo guò lái　　à　shàng
和母亲从隔壁房间跑过来，"啊！上

dì　　shì bǎo ěr　　liǎng gè lǎo péng you jǐn jǐn yōng bào zài
帝！是保尔！”两个老朋友紧紧拥抱在

yì qǐ
一起。

dì èr tiān zǎo chen bǎo ěr qǐ chuáng　　pān kè lā tuō fū
第二天早晨保尔起床，潘克拉托夫

yǐ shàng bān qù le　　tā jiě jie dù xiá　yí gè jiàn zhuàng de
已上班去了。他姐姐杜霞，一个健壮的

nǚ rén　yì biān zhāo dài
女人，一边招待

bǎo ěr zǎo cān　yì biān
保尔早餐，一边

láo dao zhe gè zhǒng suǒ
唠叨着各种琐

shì　　bié wàng le
事。"别忘了，

wǒ men děng nín huí lái chī wǔ fàn
我们等您回来吃午饭。"

tuán shěng wěi xiàng wǎng cháng
团省委像往常

yí yàng rè nao　dài tì ā jī mǔ
一样热闹。代替阿基姆

zuò zài shū ji bàn gōng zhuō qián de shì
坐在书记办公桌前的是

yí gè mò shēng rén　chuān yí jiàn lán sè xié lǐng chèn shān　tā
一个陌生人，穿一件蓝色斜领衬衫，他

sǎo le bǎo ěr yì yǎn　tóu yě bù tái　jì xù xiě tā de
扫了保尔一眼，头也不抬，继续写他的

zì
字。

bǎo ěr bǎ zì jǐ de jīng lì xiàng tā jiǎng le yí biàn
保尔把自己的经历向他讲了一遍：

xū yào huī fù wǒ de zǔ zhī guān xì　bǎ wǒ pài dào tiě lù
"需要恢复我的组织关系，把我派到铁路

gōng chǎng qù gōng zuò　shū ji
工厂去工作。"书记

xiàng yǐ zi bèi shàng
向椅子背上

钢铁是怎样炼成的

135

yì yǎng　　　kě yǐ　　nǐ ná zhè tiáo zi qù zhǎo tú fú tǎ tóng
一仰："可以，你拿这条子去找图弗塔同

zhì　　tā huì bǎ yí qiè dōu bàn tuǒ de
志，他会把一切都办妥的。"

tú fú tǎ kàn kan zì tiáo　　kàn kan bǎo ěr　　zhōng yú
图弗塔看看字条，看看保尔，终于

míng bai guò lái le　　　hà　　nǐ méi sǐ　　kě nǐ yǐ bèi chú
明白过来了："哈！你没死！可你已被除

míng le　　zěn me bàn ne　　kàn lái nǐ zhǐ yǒu chóng xīn lǚ xíng
名了！怎么办呢？看来你只有重新履行

rù tuán shǒu xù le　　　　wò luò jiā　　nǐ zěn me yě biàn
入团手续了。""沃洛佳，你怎么也变

chéng sǐ guān liáo le ne　　nǐ shén me
成死官僚了呢？你什么

shí hou cái néng yǒu zhǎng jìn ne
时候才能有长进呢？"

图弗塔一下子跳了起来："你说我是死官僚，我要去控告你。"保尔说："好吧！对于那些没经过申请突然就死掉了的人，上级大概没作过这方面的指示吧？""哈！哈！哈！"图弗塔的助手忍不住放声大笑。

有几个人说说笑笑地闯进了房间，其中有五人公社的奥库涅夫。大家见到保尔又惊又喜，问长问短，没完没了，尤其是奥尔加·尤列涅娃，她兴奋地握住保尔的手，久久不放。

当他们弄明白了图弗塔对保尔的态度，愤愤不平地说："走！找涅日丹诺夫去！书记会叫他开窍的！"奥库涅夫搂

zhù bǎo ěr de jiān bǎng　　jiù hé dà jiā yì qǐ gēn zhe ào ěr jiā
住保尔的肩膀，就和大家一起跟着奥尔加

zhǎo shū ji qù le
找书记去了。

shū ji kuān róng de wēi xiào zhe　　qīng tīng zhe tā men yì
书记宽容地微笑着，倾听着他们一

xiē rén tí chū de chè xiāo tú fú tǎ bù zhǎng zhí wù de yāo qiú
些人提出的撤销图弗塔部长职务的要求：

hǎo de　　wǒ huì gěi tā kāi kāi qiào　　bú guò　　tā de tǒng
"好的，我会给他开开窍，不过，他的统

jì gǎo de bú cuò　　yǐ hòu zài shuō
计搞得不错，以后再说。"

hǎo ba　　bǎo ěr　　zán men dào
"好吧！保尔！咱们到

suǒ luó miǎn kǎ qù
索罗缅卡去

吧！”奥库涅夫说：“你没有死，这就对了！要是死了，对无产阶级还有什么用呢？”说着，他搂着保尔，把他带到走廊上去了。

区团委书记奥库涅夫把保尔带回自己的住所，尽力拿好吃的东西款待保尔。饭后，他又拿出一卷卷报纸和两本厚厚的会议记录放在保尔面前的桌子上：“你先翻翻吧！了解一下现在的情况，我晚上才能回来。”

晚上，当他回来的时候，满地都是摊开的报纸，一堆书也从床底下拖出来了。“你这家伙！把我房间搞成什么样了？”保尔说：“你的灯罩居然是机密

wén jiàn zuò de　　　shū jì yì qiáo　　　āi yō　　wǒ zhǎo tā
文件做的！"书记一瞧："哎哟！我找它

zhǎo le sān tiān sān yè ne
找了三天三夜呢！"

ào kù niè fū yào bǎo ěr chū xí jīn wǎn zhào kāi de jī jí
奥库涅夫要保尔出席今晚召开的积极

fèn zǐ dà huì　　　cóng cè mén jiāng bǎo ěr lǐng dào jù lè bù hòu
分子大会，从侧门将保尔领到俱乐部后

tái　　dà tīng lǐ　yǐ dào le bù shǎo rén　　dà jiā zhèng zài shuō
台，大厅里已到了不少人，大家正在说

xiào
笑。

qū dǎng wěi shū jì tuō kǎ liè fū lái dào huì chǎng　　　　ào
区党委书记托卡列夫来到会场。奥

kù niè fū pǎo shàng qián yíng jiē
库涅夫跑上前迎接

tā　　　zǒu　　dà shū　　dào hòu tái qù
他："走！大叔！到后台去！

wǒ ràng nǐ kàn yí gè rén　　nǐ　yí dìng huì dà
我让你看一个人，你一定会大

chī yì jīng de　　　shuō zhe zhuā zhù tā de
吃一惊的！"说着抓住他的

shǒu　bǎ tā tuō zǒu le
手，把他拖走了。

ào kù niè fū pīn mìng yáo zhe shǒu lǐ de líng　　tóng
奥库涅夫拼命摇着手里的铃："同

zhì men　　　yǒu yí wèi tóng zhì qǐng qiú zài kāi huì qián xiān shuō jǐ
志们！有一位同志请求在开会前先说几

jù huà　　wǒ hé tuō kǎ liè fū dōu
句话，我和托卡列夫都

tóng yì　　xiàn zài qǐng tā fā
同意，现在请他发

yán　　　ào kù niè fū jiē zhe
言。"奥库涅夫接着

xuān bù　　qǐng
宣布，"请

钢铁是怎样炼成的

bǎo ěr kē chá jīn tóng zhì xiàng dà huì zhì hè cí
保尔·柯察金同志向大会致贺词！”

dāng zhè gè miàn sè cāng bái de gāo gè zi qīng nián chū xiàn
当这个面色苍白的高个子青年出现

zài tái shàng bìng kāi shǐ jiǎng huà shí huì chǎng lì jí xiǎng qǐ
在台上并开始讲话时，会场立即响起

le bào fēng yǔ bān de zhǎng shēng hé huān hū shēng dào huì de
了暴风雨般的掌声和欢呼声。到会的

yǒu yì duō bàn dōu rèn shi tā
有一多半都认识他。

qīn ài de tóng zhì men bǎo ěr yǎn shì bú zhù nèi
“亲爱的同志们！”保尔掩饰不住内

xīn de jī dòng huí dào lǎo péng you men zhōng jiān wǒ gǎn dào
心的激动，“回到老朋友们中间我感到

fēi cháng xìng fú wǒ men de guó
非常幸福。我们的国

jiā zhèng zài fù xīng zhèng zài gǔ
家正在复兴，正在鼓

zú gàn jìnr jī xù
足干劲儿积蓄

钢铁是怎样炼成的

力量。活在这个世界上是可以大有作为的！你们说，我怎么能死呢？”全场响起一片掌声和笑声。

保尔住到奥库涅夫那里了。两个人争论了很久，奥库涅夫才同意暂时不给他安排领导工作，先到铁路工厂给电工当助手。

保尔一到那儿，就先把整个车间的机器刷了一遍，所用的油漆是从废漆桶里刮出来的。

一天晚上，鲍尔哈特闯进奥库涅夫的住处来了，只有保尔在家。“保尔，你能不

néng hé wǒ yí kuàir　　qù cān jiā shì sū wéi āi quán tǐ huì
能 和 我 一 块 儿 去 参 加 市 苏 维 埃 全 体 会

yì　　liǎng gè rén zuò bàn　　kāi xīn yì xiē　　　bǎo ěr xián zì
议 ？ 两 个 人 做 伴 ， 开 心 一 些 。" 保 尔 嫌 自

jǐ de máo sè qiāng tài zhòng　　　ná le ào kù niè fū de bó lǎng
己 的 毛 瑟 枪 太 重 ， 拿 了 奥 库 涅 夫 的 勃 朗

níng shǒu qiāng　　　jiù hé tā yí kuàir　　　zǒu le
宁 手 枪 ， 就 和 他 一 块 儿 走 了 。

tā men zài huì chǎng shàng yù dào le pān kè lā tuō fū hé
他 们 在 会 场 上 遇 到 了 潘 克 拉 托 夫 和

ào ěr jiā　　　dà jiā zuò zài yì qǐ
奥 尔 加 ， 大 家 坐 在 一 起 ，

dà huì tuō dào shēn yè cái
大 会 拖 到 深 夜 才

sàn　　　ān nà xiǎng hé
散 。 安 娜 想 和

钢铁是怎样炼成的

144

保尔一块儿走："保尔，我神经衰弱，一个人走黑路，我害怕。"她挽着保尔的胳膊，靠着他的肩膀，才安下心来。

夜很黑，他们快走到家了，已接近隧道口了，突然，后面传来了急促而杂乱的跑步声。保尔急忙抽手，但安娜出于恐惧紧抓住不放。

保尔的脖子被铁钳一般的手掐住，他的脸被扭过来对着袭击者，枪口已对准了他的鼻子。他看见匪徒的面孔：大脑袋，方下巴，满脸黑胡子，眼睛被大帽檐遮住了。

一个歹

徒正把
安娜向一座
漆黑的破房子
里拖，扭住她的双
手，把她摔倒在地上，安娜拼命挣
扎，一顶帽子堵住了她的嘴，又有一个人
朝她那儿奔去。

大脑袋将保尔一推，松了手："滚
吧！不许做声，要不，一枪崩了你！"
保尔朝后退，头两步侧着身子走，匪徒
以为他怕吃枪子儿，便转身朝破房子
走去了。

保尔迅速平举手臂，一颗子弹已经射
入大脑袋的腰部，匪徒用手抓住水泥

qiáng màn màn dǎo zài dì shàng

墙，慢慢倒在地上。

pò wū lǐ de liǎng gè dǎi tú yì qián yí hòu cuàn chū

破屋里的两个歹徒，一前一后蹿出

lái fēn tóu táo pǎo bǎo ěr lián kāi liǎng qiāng hēi yǐng xiāo

来，分头逃跑，保尔连开两枪，黑影消

shī le bǎo ěr lā qǐ le dì shàng de ān nà

失了。保尔拉起了地上的安娜。

tā men hǎo bu róng yì pǎo dào ān nà zhù suǒ de shí hou

他们好不容易跑到安娜住所的时候，

xióng jī yǐ bào xiǎo le ān nà jīng hún wèi dìng de xié kào zài

雄鸡已报晓了。安娜惊魂未定地斜靠在

chuáng shàng bǎo ěr chōu yān xiǎng zhe xīn shì gāng cái nà

床上，保尔抽烟，想着心事，刚才那

个匪徒是他生平杀死的第四个人。

保尔来到卫戍司令部，汇报了事情的经过。司令部这才弄明白：大名鼎鼎的在逃通缉犯，外号"大脑袋"的菲姆卡被保尔击毙了。

一天晚上，奥库涅夫不好意思地说，准备和塔莉亚建立共同的幸福生活。保尔就把自己的东西搬到工厂机车库的集体宿舍去了。

几天后，塔莉亚与奥库涅夫在安娜的住处举行了一个不备食物的聚会，同志们

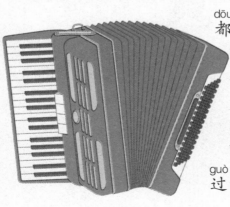

都去庆贺这种共产主义结合。大家唱了很多歌，回忆共同走过的岁月。保尔的

shǒu fēng qín yǎn zòu de gé wài chū sè
手风琴演奏得格外出色。

rù dōng yǐ qián fàng liú xià lái de dà liàng mù pái dǔ zhù
入冬以前放流下来的大量木排堵住

le hé dào　qiū tiān de hé shuǐ yòu chōng sàn le mù pái　suǒ luó
了河道，秋天的河水又冲散了木排。索罗

miǎn kǎ qū yòu pài chū gòng qīng tuán yuán qù qiǎng jiù zhè pī mù
缅卡区又派出共青团员去抢救这批木

cái　bǎo ěr dāng shí zhèng huàn gǎn mào　dàn tā bú yuàn luò
材，保尔当时正患感冒，但他不愿落

hòu　jiù mán zhù bìng qíng qù cān jiā láo dòng
后，就瞒住病情去参加劳动。

bǎo ěr tū rán fā qǐ gāo shāo
保尔突然发起高烧，

bèi tóng zhì men sòng jìn yī yuàn
被同志们送进医院，

jí xìng fēng shī zhèng
急性风湿症

149

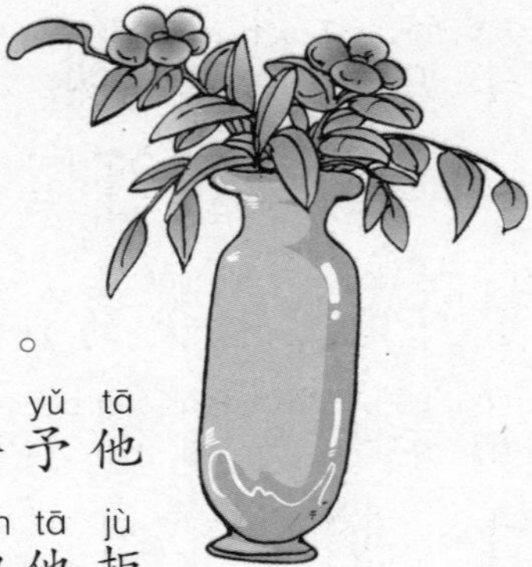

zhé mó le tā liǎng gè xīng qī
折磨了他两个星期。

yī shēng men zhěn duàn bǎo
医生们诊断保

ěr yǐ sàng shī le láo dòng néng lì
尔已丧失了劳动能力。

gōng chǎng ràng tā tuì zhí bìng jǐ yǔ tā
工厂让他退职，并给予他

xiǎng shòu fǔ xù jīn de quán lì dàn tā jù
享受抚恤金的权利，但他拒

jué le lǐng qǔ fǔ xù jīn
绝了领取抚恤金。

bǎo ěr dào shěng wěi lǐng lái dǎng yuán hé tuán yuán liǎng zhāng
保尔到省委领来党员和团员两张

zǔ zhī guān xì zhèng míng xìn méi yǒu tóng rèn hé rén gào bié
组织关系证明信，没有同任何人告别，

jiù dòng shēn huí mǔ qīn shēn biān le
就动身回母亲身边了。

mǔ qīn yòu yòng cǎo yào xūn yòu shì àn mó gěi tā zhì
母亲又用草药熏，又是按摩，给他治

liáo nà liǎng tiáo zhǒng tuǐ liǎng gè xīng qī hòu bǎo ěr zhōng
疗那两条肿腿。两个星期后，保尔终

yú rēng diào le shǒu zhàng
于扔掉了手杖。

yí gè yuè hòu huái zhe kāng fù hòu de xǐ yuè xīn qíng
一个月后，怀着康复后的喜悦心情，

bǎo ěr huí dào le shěng chéng shěng jūn qū jūn wù bù fēn pèi
保尔回到了省城。省军区军务部分配

tā qù dān rèn dì fāng wǔ zhuāng de zhèng zhì gōng zuò
他去担任地方武装的政治工作。

bǎo ěr lái dào le sū bō biān jìng de bīng xuě xiǎo chéng bié
保尔来到了苏波边境的冰雪小城别

烈兹多夫镇。这儿是犹太人居住的地方，有一座古老的犹太教堂。

小镇党委会只有19个布尔什维克，正在全区加紧建设苏维埃政权工作。

利西岑、特罗菲莫夫、保尔他们几个人每天都从清早忙到深夜。

别烈兹多夫共青团区团委由三个人组成：保

尔·柯察金，小眼睛的妇女部长丽达，高

个子的漂亮的小伙子拉兹瓦利欣。

边境各村一个接一个地建起了共青

团团支部，保尔和丽达整天在这些村子

里跑来跑去，丽达周围吸引了不少姑

娘。

在各村的晚会上和大街上，手风

琴队宣传工作的开展起到了前所未有的

作用。全区青年都认

识保尔，各个村的

农民都把保尔当

做了"自家

小伙子"。

保尔迷人的

琴声引导年

轻人走上了共

青团道路。一批德国移民居住在麦丹别墅一带的森林庄园里过着富足的生活，这些庄园彼此相距半公里，房子坚固。安托纽克匪帮就在麦丹别墅藏身匿迹。其首领安托纽克曾担任沙皇军队的司务长，是一个心狠手辣的歹徒，拼凑了一个七人帮。

安托纽克一帮人杀人不眨眼。既不轻饶投机商人，

153

也不放过苏维埃工作人员。匪帮行踪诡秘，变幻莫测，但主要活动范围就在别烈兹多夫镇附近。因此，从此到城里去的各条道路都不安全。执委会主席利西岑为这帮匪徒伤透了脑筋。

有两次，根据情报，利西岑立刻带上保尔和另外三个共产党员跟踪追击，还是让他们逃到国境线另一边去了。

专区给别烈兹多夫镇派来了一支剿匪队。领队的是一个穿着讲究的小伙子，叫菲拉托夫。他未按规定向执委会主席报到，便擅自将队伍带到谢马基村，并在村头第一家住了下来。

这伙全副武装、行动隐蔽的陌生

人一进村，就引起一个共青团员的注意，她立即跑去向村主席报告："村头第一家住了一群形迹可疑的武装人员。"

村主席以为是土匪来了，急忙派这个团员飞跑到区执委会去报信。利西岑连夜集合民警，带上十几个人，向谢马基村飞奔而去。

他飞一样来到村头，跳下马，翻过篱笆，直向房门口的哨兵扑去，哨兵像口

钢铁是怎样炼成的

155

dai yí yàng dǎo zài dì shàng
袋一样倒在地上。

lì xī cén tā men chōng
利西岑他们 冲

jìn fáng qù　　dà hè yì shēng　　gǎn kuài tóu xiáng　　yào bù
进房去，大喝一声："赶快投降！要不

jiù bǎ nǐ men zhà gè xī ba làn　　jǐ shí shuāng shǒu lì jí
就把你们炸个稀巴烂！"几十双手立即

jǔ le qǐ lái　　dāng zhè yí duì rén zhǐ chuān zhe nèi yī bèi gǎn
举了起来。当这一队人只穿着内衣被赶

dào yuàn zi lǐ shí　　fēi lā tuō fū cái kàn qīng lì xī cén xiōng
到院子里时，菲拉托夫才看清利西岑胸

qián de xūn zhāng　　zhè cái zì bào jiā mén　　lì xī cén hěn hěn
前的勋章，这才自报家门。利西岑狠狠

啐了一口："一群草包！"

保尔·柯察金因为太忙，很少去专区中心。

有一次，经常往城里跑的拉兹瓦利欣被专区团委书记费多托夫叫住："我们叫保尔来，并没有叫你来。"拉兹瓦利欣说："他呀！他才懒得往这里跑哩！他一去边境，就两三个星期不回来。"

第二天，执委会主席利西岑有事进城，顺便到费多托夫这里领取信件。于是拉兹瓦利欣的谎言被揭穿了。

"你最好还是让保尔·柯察金来

yí tàng，wǒ men zhè lǐ hěn duō rén hái bú dà rèn shi tā
一趟，我们这里很多人还不大认识他

ne！lì xī cén dá dào：bú guò yǒu yán zài xiān，nǐ
呢！"利西岑答道："不过有言在先，你

men kě bù néng bǎ tā cóng wǒ nà lǐ wā zǒu
们可不能把他从我那里挖走。"

bǎo ěr de jūn xùn yíng jiē dào cān jiā qiū jì yǎn xí de mìng
保尔的军训营接到参加秋季演习的命

lìng，bā bǎi míng jí jiāng yìng zhēng rù wǔ de qīng nián，mào zhe
令，八百名即将应征入伍的青年，冒着

qīng pén dà yǔ bù xíng
倾盆大雨步行

gōng lǐ zǒu le zhěng
40公里走了整

zhěng yì tiān，zhǐ
整一天，只

yǒu yíng zhǎng hé bǎo ěr qí mǎ
有营长和保尔骑马。

dāng zhèng guī jiǎn yuè wán bì　yí gè nián qīng de pèi dài
当正规检阅完毕，一个年轻的佩戴

zhe shí lái tiáo jiān dài hé pí dài de zhǐ huī guān duì bǎo ěr shuō
着十来条肩带和皮带的指挥官对保尔说：

wǒ mìng lìng nín xià mǎ　tú bù cān jiā yǎn xí　bǎo ěr
"我命令您下马，徒步参加演习。"保尔

rěn shòu zhe zhǒng zhàng de shuāng tuǐ de jù tòng　shuō　rú
忍受着肿胀的双腿的剧痛，说："如

guǒ bù qí mǎ wǒ jiù cān jiā bù liǎo yǎn xí
果不骑马我就参加不了演习。"

rú guǒ nín shì cán fèi　nà bú shì wǒ ràng nín zài bù
"如果您是残废，那不是我让您在部

duì fú yì de　bù néng guài wǒ　bǎo ěr míng bai zì jǐ
队服役的，不能怪我。"保尔明白自己

de xíng dòng huì gěi quán yíng shù lì bǎng yàng　biàn tuō dèng xià
的行动会给全营树立榜样，便脱镫下

mǎ　cháo duì wu de yòu yì zǒu qù le
马，朝队伍的右翼走去了。

yǎn xí jìn xíng le wǔ tiān　zuì hòu yì tiān zài bǎo ěr jiā
演习进行了五天，最后一天在保尔家

xiāng shě pèi tuō fū kǎ jìn xíng　bié liè zī duō fū yíng de rèn wu
乡舍佩托夫卡进行，别烈兹多夫营的任务

shì gōng zhàn chē zhàn　bǎo ěr xiàng jūn xùn yíng yíng zhǎng gǔ xiè
是攻占车站。保尔向军训营营长古谢

fū xiáng xì jiè shào le dì xíng hé gè tiáo tōng wǎng chē zhàn de dào
夫详细介绍了地形和各条通往车站的道

lù
路。

yǎn xí yǐ gǔ xiè fū yíng de shèng lì ér jié shù   tuán
演习以古谢夫营的胜利而结束。 团

sī lìng bù jiā jiǎng le gǔ xiè fū   gǔ xiè fū shuō   zhè yào
司令部嘉奖了古谢夫。古谢夫说："这要

guī gōng yú bǎo ěr   kē chá jīn   shì tā gěi wǒ men lǐng de
归功于保尔·柯察金，是他给我们领的

lù
路。 "

bǎo ěr de shēn tǐ lèi kuǎ
保尔的身体累垮

le   tā liú zài mǔ qīn shēn biān zhù
了，他留在母亲身边住

le jǐ tiān   tóu liǎng tiān
了几天。头两天

shuì dà jiào   měi
睡大觉，每

tiān shuì   gè
天睡 12 个

钢铁是怎样炼成的

小时。母亲则默默无语心疼地守望着熟睡的儿子。

第三天，保尔到机车库去看哥哥阿尔焦姆，机车库的亲切气氛吸引着他，召唤着这个昔日的司炉和电工。保尔和哥哥一起干了一个多小时的活，就分手了。

柯察金回到别烈兹多夫。丽达高兴地在区委会门口的台阶上迎接他："你可回来了，你不在，我们简直不知道要干什么才好。"保尔坐在沙发上，不断地揉着他那双疼痛不堪的腿。

不久，省常委会决定调保尔·柯察金到省里担任重要的共青团的领导工

1924 年的冬天奇寒无比。风暴和大
雪肆虐了半个月。1 月 26 日这一天，一个
令所有人寒冷彻骨的消息传遍了苏俄大
地："弗拉基米尔·伊里奇·列宁逝世
了！"街上的行人停下了脚步，倾听着
广播里传出的沉痛的声音。

消息传到了舍佩托夫卡，正在机车
库里干活的阿尔焦姆
听到来人报

告的可怕消息，手像老虎钳一样抓住了他的短皮大衣："你说什么？"那个满身是雪、喘着粗气的人，低沉而悲痛地重复了一遍："真的，同志们，列宁被刺杀了。"

人们纷纷从修车的地沟里爬上来，默默地听着有关这位领袖突然逝世的消息。一台机车拉响了汽笛，车站尽头的一台机车接着响应，随后是一台又一台的机车开始鸣笛默

哀。机车库挤满了人，舍佩托夫卡专区党委书记沙拉布林开始讲话。

他说："同志们！全世界无产阶级的领袖列宁逝世了。党和无产阶级的领袖逝世是一种召唤，它召唤无产阶级的优秀儿女加入我们的队伍。"哀乐奏起，几百人脱了帽子，从来没流过眼泪的阿尔焦姆感到喉咙哽住了，他那健壮的肩膀颤抖起来。

工厂里有37位工人联名写了一份申请书，请求工厂党委召开追悼大会给予审查。他们请求加入列宁缔造的党。其中有阿尔焦姆的名字。这位被土地缠了多年的铁打的汉子终于醒悟过来，走上了正确的道路。

音乐厅门口有两个守门的，胳膊上戴有"纠察队长"的红袖章。乌克兰共青团代表大会在这儿召开。丽达被拦在门口："您的证件呢？"另一个高个子接过烫金的代表证："中央委员会委员。"于是谦恭地说道："请进！左边有空位子。"

会议快要结束了，阿基姆核对了一下出席代表大会的代表名单。他每叫到一个名字时，就有一只拿着代表证

^{de}的 ^{shǒu}手 ^{jǔ}举 ^{qǐ}起 ^{lái}来 。

^{lì}丽 ^{dá}达 ^{jù}聚 ^{jīng}精 ^{huì}会 ^{shén}神 ^{de}地 ^{tīng}听 ^{zhe}着 。

"^{bǎo}保 ^{ěr}尔 · ^{kē}柯 ^{chá}察 ^{jīn}金 ！"^{tīng}听 ^{dào}到 ^{zhè}这 ^{míng}名 ^{zi}字 ，^{tā}她

^{bù}不 ^{yóu}由 ^{duō}哆 ^{suō}嗦 ^{le}了 ^{yí}一 ^{xià}下 。^{qián}前 ^{miàn}面 ^{hěn}很 ^{yuǎn}远 ^{de}的 ^{dì}地 ^{fang}方 ^{jǔ}举 ^{qǐ}起

^{yì}一 ^{zhī}只 ^{shǒu}手 ，^{yòu}又 ^{fàng}放 ^{xià}下 ^{qù}去 ^{le}了 。^{lì}丽 ^{dá}达 ^{zhàn}站 ^{le}了 ^{qǐ}起 ^{lái}来 ，^{mù}目

^{bù}不 ^{zhuǎn}转 ^{jīng}睛 ^{de}地 ^{dīng}盯 ^{zhe}着 ^{gāng}刚 ^{cái}才 ^{jǔ}举 ^{shǒu}手 ^{de}的 ^{dì}地 ^{fang}方 。

^{zhè}这 ^{shí}时 ，^{míng}名 ^{dān}单 ^{niàn}念 ^{wán}完 ^{le}了 ，^ā阿 ^{jī}基 ^{mǔ}姆 ^{dà}大 ^{shēng}声

^{shuō}说 ："^{dà}大 ^{jù}剧 ^{yuàn}院 ！

qī diǎn dà jiā bié chí dào lì dá ràng zuì hòu yì pī dài
七点！大家别迟到！”丽达让最后一批代
biǎo cóng shēn biān zǒu guò jiù cháo bǎo ěr zǒu qù
表从身边走过，就朝保尔走去。

lì dá zhēng dà yǎn jing wàng zhe tā bǎo ěr shēn chū
丽达睁大眼睛望着他，保尔伸出
shuāng shǒu qīn rè de bào zhù tā yòng chàn dǒu de shēng yīn
双手，亲热地抱住她，用颤抖的声音
qīng qīng de jiào le yì shēng lì dá tā zhè cái míng
轻轻地叫了一声：“丽达！”她这才明
bai zhè zhēn shì tā nǐ hái huó zhe
白，这真是他：“你还活着？”

dà tīng lǐ de rén yǐ jing zǒu
大厅里的人已经走
guāng le tā men yán zhe kuān kuò de
光了。他们沿着宽阔的
jiē tī xiàng chū kǒu zǒu qù lì dá
阶梯向出口走去，丽达
yòu zǐ xì kàn le kàn bǎo
又仔细看了看保
ěr nǐ zài nǎr
尔：“你在哪儿
gōng zuò ne
工作呢？”

wǒ xiàn zài shì gòng
“我现在是共
qīng tuán zhuān qū wěi
青团专区委
yuán huì shū ji jiù xiàng
员会书记，就像
dù bā wǎ shuō de chéng le
杜巴瓦说的，成了

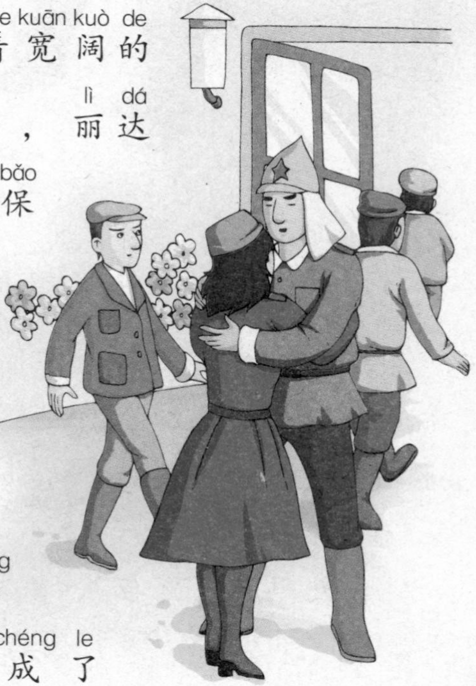

钢铁是怎样炼成的

'机关老爷'了。"

大剧院周围人山人海，全是想参加代表大会开幕式的共青团员，但铁面无私的卫兵只允许持有证件的人入内。代表们自豪地举着证件，从警戒线穿过去。

会场上的巨幅标语鲜红似火，几个闪光的大字格外引人注目。

大会占去了与会者的全部时间，从清晨到深夜，保尔只在最后一次舆论会

未来是属于我们的

上才又见到丽达。丽达说："许多话想对你说，但来不及了。明天留下两本日记给你。读了你就会明白了。"保尔握住她的手，目不转睛地看了她好一会儿。

第二天，他们在大门口见了面，丽达交给他一个包和一封信。周围的人很多，他们告别时只相互深深看着对方的眼睛，保尔看到了她的温情和淡淡的忧郁。

晚上，火车车厢里的人都睡了，奥库涅夫也在保尔旁边的铺位上发出鼾声。

保尔移近灯光，打开了那封信：

钢铁是怎样炼成的

"我对生活的看法并不拘泥于形式。在私人关系上如果确实出于不平常的深沉的感情，是可以有例外的，但我还是打消了那个念头。"

保尔沉思着，把信撕成碎片，然后两手伸出窗外，任凭风把那些碎片从他手中吹走。

第二天早晨，

bǎo ěr dú wán le lì dá de
保尔读完了丽达的

liǎng běn rì jì　　 tā ná zhe
两本日记。他拿着

bāo guǒ dào chē zhàn yóu jú gěi
包裹到车站邮局给

lì dá jì le huí qù
丽达寄了回去。

xià tiān dào le 　péng you men yí gè gè dōu yào qù dù jià
夏天到了，朋友们一个个都要去度假

le bǎo ěr máng zhe wèi tā men zhāng luo liáo yǎng shēn qǐng
了，保尔忙着为他们张罗疗养、申请

bǔ zhù dǎ fa tā men qù xiū xi gào bié shí bǎo ěr huì
补助、打发他们去休息。告别时，保尔会

shuō hǎo hāor xiū xi ba zhè lǐ de gōng zuò yǒu wǒ
说："好好儿休息吧，这里的工作有我

ne
呢！"

yǒu yì tiān zhuān qū wěi cháng wěi kāi huì shí zhuān
有一天，专区委常委开会时，专

qū wèi shēng chù zhǎng bā ěr jié lì kè còu dào bǎo ěr gēn qián
区卫生处长巴尔捷利克凑到保尔跟前

shuō nǐ de liǎn sè hěn bù
说："你的脸色很不

hǎo dào yī wù wěi yuán huì qù zuò
好，到医务委员会去作

yí cì tǐ jiǎn ba
一次体检吧！"

yī shēng men zǐ xì jiǎn chá
医生们仔细检查

le bǎo ěr de shēn tǐ xiě xià le
了保尔的身体，写下了

如下的诊断处理意见："医务委员会认为柯察金同志必须立即停止工作，到克里木去长期休养，并作进一步的认真治疗，否则难免会产生严重后果。"

保尔的主要灾难不在他的两条腿上，而是中枢神经系统受到了严重的损伤。常委会决定立即解除保尔工作。

保尔提议："能否让我等组织部长斯比

特涅夫休假回来之后，再离开岗位？" 领导同意了。

几天之后，保尔乘火车到了哈尔科夫。他的组织关系转到乌克兰共青团中央委员会，由那里分配工作。

阿基姆是中央委员会书记之一，保尔去找他，把全部情况向他作了汇报。阿基姆说："亲爱的保尔，你别难过。先到南方去吧！把身体养好。等你回来的时候，我们再研究你到什么地方去工作。"他俩紧紧握手告别。

保尔到了中央委员会所属的疗养

院——"公社战士"。

一个年轻的女护士登记了保尔的姓名，把他领到拐角上的一座楼里。

房间很宽敞，床上铺着洁白耀眼的床单，窗明几净，一尘不染，非常寂静，保尔感到很满意。

保尔到浴室洗了个澡，换上衣服，身心舒畅，径直朝海滩贝壳、螃蟹跑去。眼前深蓝色的大海，庄严而宁静。阳光照在海面上，反射出一片火焰般的金光。远处，隐约显出群山的轮廓。

保尔久久凝视着伟大而宁静的大海，思绪万千。

疗养院的花园里有一棵枝繁叶茂的法国梧桐，从海滨返回疗养院，必

钢铁是怎样炼成的

jīng guò zhè gè huā yuán
经过这个花园。保尔喜欢坐在树阴下休
xi
息。

jīn tiān　　bǎo ěr yòu dào le zhè lǐ　　zài yì zhāng téng
今天，保尔又到了这里，在一张藤
zhì de yáo yǐ shàng tǎng xià　　dǎ qǐ kē shuì lái　　yì tiáo yù
制的摇椅上躺下，打起瞌睡来。一条浴

钢铁是怎样炼成的

巾和一本尚未读完的
富尔曼诺夫的小说
《叛乱》，放在旁边
的摇椅上。

蒙眬中，保尔闻到一股淡淡的香气，接着摇椅"嘎吱"一响，有个女人坐了下来。保尔睁开眼，看到耀眼的白色连衣裙，晒得黝黑的腿和穿着羊皮便鞋的脚，留着短发，两只大眼睛正注视着他："对不起，我好像打扰您了！"

保尔没有做声。他希望这个女人快走开。"这是您的书？"她翻着那本《叛乱》问道，"请问，您是这个疗养院的吗？"保尔只是生硬地回答："不是。"说着站了起来，准备离开。

忽然背后传来一个声音："朵拉！

你怎么钻到这儿来了？"说话的是一个晒得黝黑、体态丰满的金发女人，穿着疗养院的浴衣。她望着保尔："您好像在哈尔拉夫工作？""是的。""做什么工作？""掏茅房的！"她们听了哈哈大笑起来。

"同志！您这种态度，恐怕不能说很有礼貌吧！"哈尔科夫市党委常委朵拉·罗德金娜与保尔从此结下了友谊。

有一天，保尔到疗养院附近的歌舞厅去看演

178

chū zhèng qiǎo pèng jiàn le zhā ěr jī yǎn chū jié shù shí
出，正巧碰见了扎尔基。演出结束时，

liǎng rén lái dào bǎo ěr de fáng jiān tán le hěn jiǔ zhā ěr jī
两人来到保尔的房间，谈了很久。扎尔基

ná chū zì jǐ de jié hūn zhào gěi bǎo ěr kàn yuán lái tā de qī
拿出自己的结婚照给保尔看，原来他的妻

zi jiù shì ān nà tā men hěn kuài jiù yào dāng fù mǔ le bǎo
子就是安娜。他们很快就要当父母了。保

ěr wèn dù bā wǎ zěn me yàng le tā bèi kāi chú
尔问："杜巴瓦怎么样了？""他被开除

le dǎng jí lí kāi gòng chǎn zhǔ yì dà xué zhī hòu dào mò sī
了党籍，离开共产主义大学之后到莫斯

科高等技校学习去了。"

形势严峻，斗争复杂。疗养院里的人都纷纷提前出院。三天之后，疗养院的人都走光了。保尔也提前出院。

深秋的一天，保尔和两个工作人员乘机关的汽车到郊外一个区去了解情况，路上，汽车滑进路边的壕沟，翻了车，车上的人都受了重伤，保尔的右腿被轧坏了。

几位医生研究了保尔右腿的光片，主张立即开刀，保尔

钢铁是怎样炼成的

^{tóng yì le}
同意了。

　　^{bìng fáng de mén jìng jìng de dǎ kāi le}　^{bǎo ěr kàn dào yí}
　　病房的门静静地打开了，保尔看到一

^{gè chuān bái dà guà}　　^{dài bái mào de nián qīng nǚ rén zǒu dào tā}
个穿白大褂、戴白帽的年轻女人走到他

^{de chuáng qián}　　^{wǒ shì nín de zé rèn yī shēng}　^{jīn tiān wǒ}
的床前："我是您的责任医生，今天我

^{zhí bān}　　^{xiàn zài xū yào wèn nín jǐ gè wèn tí}　^{xī wàng nín}
值班，现在需要问您几个问题，希望您

^{néng háo wú bǎo liú de gào su wǒ}　　^{tā qīn qiè de xiào róng yǔ}
能毫无保留地告诉我。"她亲切的笑容与

^{qīng sōng de yǔ diào dǎ}
轻松的语调打

^{kāi le bǎo ěr de huà}
开了保尔的话

钢铁是怎样炼成的

181

匣子，他讲了一个钟头。

手术室里，医生们都戴着大口罩。

手术前的准备工作正在保尔旁边紧张地进行着。一个女护士在摆放手术刀、剪子、镊子。责任医生巴扎诺娃解开他腿上的绷带，轻声对他说："别往外边看，这对神经有刺激。""您说的是谁的神经，大夫？"

保尔的脸给蒙上了厚实的面罩，胖教授对他说："请不要紧张，请您深呼吸。用鼻子吸气，数数吧！"麻醉剂散发出令人窒息的难闻气味。保尔说："万一我说出脏话来，那就事先请求你们原谅了。"教授忍不住笑了。

bǎo ěr zài yī yuàn hé tā de zé rèn yī shēng bā zhā nuò
保尔在医院和他的责任医生巴扎诺

wá gào bié
娃告别。

bā zhā nuò wá sòng tā dào mén kǒu   kàn zhe tā chuān zhe
巴扎诺娃送他到门口，看着他穿着

pí wài tào de gāo dà shēn qū   zhǔ zhe guǎi zhàng chī lì de dēng
皮外套的高大身躯，拄着拐杖吃力地登

shàng le yí liàng qīng biàn mǎ chē   xīn
上了一辆轻便马车，心

zhōng shí fēn nán guò
中十分难过。

xiǎo qì chē jiāng bǎo ěr sòng
小汽车将保尔送

到了克里米亚迈纳克疗养院。值班医生将保尔领到11号房间门口："请您就住在这儿，和埃勃涅同志住在一起，他是德国人，他希望找一个说俄语的同伴。"

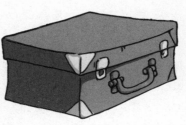

保尔进了房，放下手里的皮箱，朝躺在床上的德国人看去，只见他满头金发，两只漂亮而灵活的蓝眼睛正向保尔和蔼地微笑，他用生硬的俄语向保尔说："同志，你好！"

保尔坐在德国人床边，两个人用一种"国际"语言热烈地交谈着，他们依靠手势、姿态、表情、猜想

děng fāng shì jìn xíng jiāo liú yǔ gōu tōng　　bǎo ěr zhī dào āi bó
等方式进行交流与沟通 。 保尔知道埃勃

niè shì yí gè dé guó gōng rén
涅是一个德国工人 。

　　āi bó niè zài　　　　nián de hàn bǎo gōng rén qǐ yì
埃勃涅在 1923 年的汉堡工人起义

zhōng　　tuǐ shàng zhòng le yì qiāng　　zhè shí jiù shāng fù fā
中 ， 腿上中了一枪 ，这时旧伤复发，

yòu wò dǎo zài chuáng　　dàn tā jīng shén bǎo mǎn　　kāi lǎng huó
又卧倒在床 。 但他精神饱满， 开朗活

po　　hěn kuài jiù yíng dé le bǎo ěr de zūn jìng
泼 ， 很快就赢得了保尔的尊敬 。

　　liáo yǎng yuàn huā yuán de yì
疗养院花园的一

jiǎo yǒu jǐ bǎ yáo yǐ　　yì
角有几把摇椅 、一

钢铁是怎样炼成的

185

zhāng zhú zhuō hé liǎng bǎ lún yǐ　　yì
张 竹 桌 和 两 把 轮 椅 ，一

bǎ lún yǐ shàng shì bàn kào bàn tǎng
把 轮 椅 上 是 半 靠 半 躺

de āi bó niè　　lìng yì
的 埃 勃 涅 ， 另 一

bǎ zé zuò zhe bǎo ěr
把 则 坐 着 保 尔 。

qí yú sān gè shì bǎng dà yāo
其 余 三 个 是 膀 大 腰

yuán de ài shā ní yà rén wǎ yī màn　　zhōng wéi yà gū niang
圆 的 爱 沙 尼 亚 人 瓦 伊 曼 ， 中 维 亚 姑 娘 、

zōng sè yǎn jing de mǎ ěr tǎ　　láo lín　　shēn cái kuí wú
棕 色 眼 睛 的 玛 尔 塔 · 劳 琳 ， 身 材 魁 梧 、

liǎng bìn huī bái de é luó sī rén liè jié ní ào fū
两 鬓 灰 白 的 俄 罗 斯 人 列 杰 尼 奥 夫 。

bǎo ěr yǔ wǎ yī màn zài zhè shí céng jìn xíng guò yí cì liáo
保 尔 与 瓦 伊 曼 在 这 时 曾 进 行 过 一 次 疗

yǎng yuàn jí bié de guó jì xiàng qí　　guàn
养 院 级 别 的 国 际 象 棋 " 冠

jūn sài　　jié guǒ shì bǎo ěr bǎ zhè yì
军 赛 " ， 结 果 是 保 尔 把 这 一

róng yù cóng wǎ yī màn shǒu
荣 誉 从 瓦 伊 曼 手

里夺了过来。这使瓦伊曼颇不服气，一直
耿耿于怀。

　　自从列杰尼奥夫来到了疗养院，瓦
伊曼一直希望这个50岁的老头儿能将
"冠军"从保尔手中夺走。这一天，列
杰尼奥夫邀保尔战一局，经过三个小时的
鏖战，保尔战败。五天里下了十盘棋，结
果是保尔七负两胜一和。瓦伊曼拍手
称快。

　　保尔因

此与列杰尼奥夫成了最好的朋友。他俩
有一个共同的纪念日：保尔生日那天，
恰恰是列杰尼奥夫入党的那一天。他们是
布尔什维克近卫军老一代和青年一代的典
型代表。一老一少，都有一颗火热的心和
一副健康受到严重损伤的身体。

保尔一直以为玛尔塔是个共青团
员，估计她大约只

钢铁是怎样炼成的

有19岁，原来她已31岁了，1917年就已入党，是拉脱维亚共产党的积极分子，目前在《真理报》工作。她和保尔、埃勃涅相处得非常融洽。

到了月底，保尔的病情恶化，医生不许他下床，保尔忍受着病痛，不让任何人看出他的痛苦，只有玛尔塔根据他苍白的脸色，才猜出几分。

保尔意外地收到了母亲的来信。老人告诉儿子，她有一个十多年没有见面的老朋友，叫阿莉比娜·丘察姆，住在离他不远的港口，希望儿子一定到她家去看一看。

保尔决定出院，疗养院的病友都到码头去送行。埃勃涅热

liè de yōng bào hé qīn wěn
烈地拥抱和亲吻

bǎo ěr jiù xiàng sòng
保尔，就像送

bié zì jǐ de qīn dì di bǎo
别自己的亲弟弟。保

ěr de mù guāng méi yǒu zhǎo dào mǎ ěr tǎ tā bú zài sòng xíng
尔的目光没有找到玛尔塔，她不在送行

de rén qún zhōng
的人群中。

dì èr tiān bǎo ěr chéng zuò
第二天，保尔乘坐

yí liàng chǎng péng mǎ chē lái dào yí zuò
一辆敞篷马车来到一座

dài xiǎo huā yuán de xiǎo fáng zi
带小花园的小房子

qián qiū chá mǔ jiù
前。丘察姆就

zhù zài zhèr
住在这儿。

qiū chá
丘察

mǔ jiā yǒu wǔ
姆家有五

kǒu rén ā
口人：阿

lì bǐ nà shì
莉比娜是

yí gè pàng
一个胖

pàng de shàng
胖的上

了年纪的老妇人，显得郁郁寡欢。丘察姆老头儿肥得像一头猪，用令人不快的眼光打量着客人。大女儿廖莉亚是一个留着短发的年轻妈妈，身边有一个小男孩。18岁的二女儿达雅到工厂上班去了。

丘察姆一家亲切地接待了保尔，只是老头儿不太友好。保尔把自己母亲和家里的状况耐心地讲给阿莉比娜听。同时也问问他们一家的生活情况。

廖莉亚已22岁，心地善良，脸庞圆润，显得开朗大方，她与保尔一见如故，主动向保尔讲了家里的一些隐私。她不久前才与酒鬼丈夫离了

婚，现在失业在家，每天除了带孩子，就帮妈妈管管家务。

听廖莉亚说，她还有个弟弟叫乔治，眼下在列宁格勒。乔治是个地道的花花公子，每天只知吃好菜、喝好酒、穿漂亮衣服，傲慢自负，根本不把两个姐姐放在眼里。母亲宠爱他，把达雅的工资和从老头儿手里抠来的钱全寄给他。

这天很晚，达雅才回家。达雅同保尔握手问好，羞得脸红到耳根。达雅有一双棕色大眼睛，两条蒙古形的细眉毛，端正的鼻子和红润的嘴唇。一身条纹布的工装上衣合身得体。

第二天晚上，全家人坐在两个老人的房间里喝茶，老丘察姆一边搅着茶杯里的糖，一边恶狠狠地说："现在没有规矩了，想结婚就结婚，想离婚就离婚，完全自由。可我老了老了，还得养活她和一个野孩子，太不像话了。"廖莉亚涨红了脸，眼里噙着泪水。

阿莉比娜

钢铁是怎样炼成的

强忍住怒火，说："你这个老头子，当着客人的面，为什么谈这个？"老头儿冲到她跟前："该说什么用不着你来教训我！"

那天夜里，保尔久久未能入睡，他在想着怎样才能帮助母女三人摆脱老丘察姆的暴虐专制。一个偶然的机缘让他走进这个家庭，他决定采取行动，帮她们母女冲出牢笼。

一个星期日，保尔从城里回来，只有达雅一个人在家，保尔来到达雅的房间，在椅子上坐了下来，他决定试一试昨天拟订的一个方案："我很快就要走了，可是我不能扔下你们母女不管。你们的生活应该彻底改变。达雅，你怎么想的？"

"我也有这个愿望，可是我没有力量。"

保尔站起来，把一只手放在她的肩上："要是突然有一个棒小伙子追求你，你肯结婚吗？"达雅难为情地说：

钢铁是怎样炼成的

"你们这样的城里人找对象，是不会找我们的，我们对你们有什么用呢？"

几天之后，保尔要回哈尔科夫了。达雅、廖莉亚、阿莉比娜还有她的妹妹都到车站送行。临别时，阿莉比娜要他保证："不要忘记她们，帮助她的女儿们冲出牢笼。"达雅两眼饱含泪水。车开出好远，保尔看见她们还在向他挥手。

到了哈尔科夫，保尔住进他的朋友彼佳的寓所，休息了一下，就到中央委员会去找阿基

196

姆。阿基姆说："不行。目前你的身体需要休息，不宜工作。"但终究禁不住保尔的再三请求，只好给他安排了一份工作。

第二天，保尔就到中央委员会机要处上班了。

一个多月之后，保尔又卧床不起了。这一回阿基姆态度坚决："你必须住院！"保尔一把抓起阿基姆的手，紧贴在自己的

胸膛上："只要这颗心在跳动，就没有任何力量能使我离开党。能叫我离开战斗岗位的，只有死亡。记住这个吧！"

保尔的健康状况一天不如一天。越来越多的时间是在病床上度过的。中央委员会解除了他的工作并发给他一笔津贴，还把他的个人档案交给他随身带着，今后，他可以到任何他想去的地方。同时，保尔还领到了抚恤金和一张残疾证。

玛尔塔这时来了一封信，邀请保尔到她那里小住和休养。保尔不知不觉在玛尔塔和她的女友娜佳的家里住了19天。玛尔塔和娜佳每天一早就上班，晚上才回来。她们临走时，总要嘱咐保尔："你一个人在家，要好好儿休息呀！"

玛尔塔有很多藏书，保尔如饥似渴地读着，一本接一本，没日没夜地狂读不止。偶尔，晚上也会有一些玛尔塔的朋友来看他，和他聊聊社会新闻。

丘察姆家来了几封信，她们请他到那里去，她们盼望着他的帮

zhù　　　yì tiān zǎo chen　　bǎo ěr lí kāi le
助。一天早晨，保尔离开了

mǎ ěr tǎ nà zuò ān jìng de zhù zhái　　dēng
玛尔塔那座安静的住宅，登

shàng huǒ chē bēn xiàng nán fāng　　bēn xiàng nà
上火车奔向南方，奔向那

wēn nuǎn de hǎi àn
温暖的海岸。

bǎo ěr dì èr cì dào qiū chá mǔ jiā　　shǐ zhè yì jiā de
保尔第二次到丘察姆家，使这一家的

máo dùn jī huà dào le dǐng diǎn
矛盾激化到了顶点。

lǎo tóu zi yì shēng zhǐ huì liǎng mén shǒu yì　　　dìng xié
老头子一生只会两门手艺——钉鞋

zhǎng hé zuò mù gōng　　xiàn zài wèi
掌和做木工，现在为

le tóng bǎo ěr dǎo luàn　　tā
了同保尔捣乱，他

gù yì bǎ gōng zuò tái
故意把工作台

bān dào bǎo ěr de
搬到保尔的

chuāng hu dǐ xià
窗户底下，

xìng zāi lè huò de
幸灾乐祸地

shǐ jìn qiāo dīng
使劲敲钉

zi　　　tā xiǎng chǎo
子，他想吵

de bǎo ěr kàn bù chéng shū
得保尔看不成书。

郊外公园里寂静无人。一辆马车将保尔拉到这里。

保尔特意找到这个僻静的地方，想好好儿回顾一下自己的生活。往事一幕幕闪过眼前，结果他非常满意，这一生过得还不错。

但是，今后呢？他已失去了最宝贵的东西——战斗的能力，活着还有什么用呢？他掏出了手枪，对准自己的脑袋。

枪口轻蔑地望着他的眼睛。他把手缓缓垂了下来，他开始责骂自己："这是

钢铁是怎样炼成的

shén me yīng xióng　　shēng huó bú xià qù　　jiù yì sǐ liǎo zhī
什么英雄？生活不下去，就一死了之。

tā zhàn le qǐ lái　　huí dào le zhù chù
他站了起来，回到了住处。

dá yǎ hái méi yǒu shuì　　bǎo ěr xiǎo shēng de tàn xún
达雅还没有睡，保尔小声地探询：

wǒ néng dào nǐ wū lǐ hé nǐ tán tan ma
"我能到你屋里和你谈谈吗？"

dá yǎ yóu yù le yí xià　　biàn lǐng zhe bǎo ěr zǒu jìn zì
达雅犹豫了一下，便领着保尔走进自

jǐ de fáng jiān　　tā men zài hēi àn de fáng jiān lǐ miàn duì miàn
己的房间。他们在黑暗的房间里面对面

钢铁是怎样炼成的

zuò xià zhī hòu bǎo ěr yā dī le shēng yīn
坐下之后，保尔压低了声音，

bǎ zhè jǐ gè yuè lái zì jǐ de xīn qíng hé
把这几个月来自己的心情和

sī kǎo yǐ jí jīn tiān zài jiāo wài gōng
思考以及今天在郊外公

yuán de jīng guò dōu gào su le tā
园的经过都告诉了她。

dá yǎ fēi cháng jī dòng de tīng zhe tā de jiǎng shù bǎo
达雅非常激动地听着他的讲述。保

ěr kào jìn tā bǎ zì jǐ de shǒu shēn gěi tā xiǎo gū
尔靠近她，把自己的手伸给她："小姑

niang nǐ yuàn yì zuò wǒ de péng you zuò wǒ de qī zi
娘，你愿意做我的朋友，做我的妻子

ma
吗？"

dá yǎ róu shēng de wèn nǐ
达雅柔声地问："你

bú huì pāo qì wǒ ba qǐng xiāng
不会抛弃我吧？""请相

xìn xiàng wǒ zhè yàng de
信，像我这样的

rén shì bú huì bèi
人，是不会背

pàn péng you de
叛朋友的，

dàn yuàn péng you
但愿朋友

yě bú huì bèi pàn
也不会背叛

wǒ
我。"

钢铁是怎样炼成的

dá yǎ jǐn tiē zhe ài ren de xiōng pú　　shuāng shǒu lǒu zhù
达雅紧贴着爱人的胸脯，双 手搂住

tā　ān xīn de shuì zháo le　　bǎo ěr yí dòng yě bú dòng
他，安心地睡着了。保尔一动也不动，

shēng pà jīng xǐng tā de měi mèng　　tā duì zhè gè bǎ yì shēng tuō
生 怕惊醒她的美梦，他对这个把一 生 托

fù gěi tā de shào nǚ chōng mǎn le ài lián hé róu qíng
付给他的少女充 满了爱怜和柔情。

liào lì yà zài jiāo qū zhǎo dào le gōng zuò　　tā bǎ mǔ qīn
廖莉亚在郊区找到了工作，她把母亲

hé ér zi dōu dài zǒu le
和儿子都带走了。

bǎo ěr hé dá yǎ yě bān dào hěn yuǎn de yí gè hǎi bīn xiǎo
保尔和达雅也搬到很远的一个海滨小

chéng lǐ qù le　　tā men yōng yǒu le yí gè zì jǐ de jiā
城 里去了。他们拥有了一个自己的家，

yí gè wán quán zì yóu de tiān
一个完全自由的天

dì
地。

dá yǎ zài yí gè shí táng lǐ dāng
达雅在一个食堂里当

qīng jié gōng　　bǎo ěr měi yuè
清洁工，保尔每月

gè lú bù　　jiā shàng
32个卢布，加上

dá yǎ de gōng zī　　suī bú
达雅的工资，虽不

fù yù　　dàn què shēng huó
富裕，但却生活

de hěn hé měi　　dá yǎ zài
得很和美。达雅在

xùn sù de zǒu xiàng chéng shú
迅速地走向成熟。

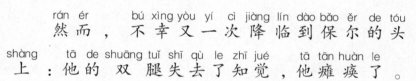

rán ér　　bú xìng yòu yí cì jiàng lín dào bǎo ěr de tóu
然而，不幸又一次降临到保尔的头

shàng　　tā de shuāng tuǐ shī qù le zhī jué　　tā tān huàn le
上：他的双腿失去了知觉，他瘫痪了。

dá yǎ yǒng gǎn de chéng shòu zhe yí qiè　　dàn wèi bù néng
达雅勇敢地承受着一切，但为不能

bāng zhù tā ér shēn gǎn tòng kǔ　　bǎo ěr bào qiàn de wēi xiào zhe
帮助他而深感痛苦。保尔抱歉地微笑着

shuō　　qīn ài de　　zán men lí hūn ba　　dá yǎ bú ràng
说："亲爱的，咱们离婚吧！"达雅不让

tā shuō xià qù　　tā rěn bú zhù fàng shēng dà kū　　bǎ bǎo ěr
他说下去，她忍不住放声大哭，把保尔

jǐn jǐn lǒu zài huái lǐ
紧紧搂在怀里。

ā ěr jiāo mǔ dé zhī le dì di de bú xìng　　xiě xìn gào
阿尔焦姆得知了弟弟的不幸，写信告

诉了母亲，玛丽亚·雅科夫列夫娜扔下一切事情，马上赶到保尔的身边。老太太和达雅很合得来，相处得很和睦。

一个冬天的晚上，达雅带回来一个胜利的好消息："我当选为市苏维埃委员了！"从那时起，保尔就很难见到她了——吸收她为预备党员的日子临近了。

保尔的病情在继续恶化。他的右眼发炎，疼痛难忍，接着左眼也感染了，他有生以来，第一次尝到了失明的滋味。

就在他最痛苦的日子里，达雅激动而

高兴地告诉他："保夫鲁沙，我现在是预备党员了。"保尔紧紧握住了妻子的手："这么说，咱俩可以组成一个党小组了！"

第二天，保尔写信给区委书记，请他来一趟。傍晚，区委书记沃利梅尔就来了。他握住保尔的手，说："日子过得怎么样啊？我想派你下地干活儿呢。"

保尔请求建立一个党小组，他说："孤单单的一个人，

wǒ shì huó bú xià qù de　　gěi wǒ pài
我是活不下去的，给我派

jǐ gè nián qīng rén lái ba　　zuì hǎo shì nà xiē qīng nián
几个年轻人来吧，最好是那些青年。"

wò lì méi ěr wèn bǎo ěr　　　nǐ gāng cái tán de nà xiē
沃利梅尔问保尔："你刚才谈的那些

guān yú jí tǐ nóng zhuāng de qíng kuàng　　shì zěn me zhī dào
关于集体农庄的情况，是怎么知道

de　　　bǎo ěr shuō　　　shì wǒ qī zi dá yǎ gào su wǒ
的？"保尔说："是我妻子达雅告诉我

de　　zuó tiān tā cái bèi xī shōu rù dǎng　　　dá yǎ　　tā
的。昨天她才被吸收入党。""达雅！她

jiù shì nǐ qī zi ya　　wǒ hái bù zhī dào ne　　zhè yàng ba
就是你妻子呀！我还不知道呢。这样吧，

wǒ gěi nǐ pài liè fū　　bié ěr xiè niè fū lái　　　tā zuì hé
我给你派列夫·别尔谢涅夫来，他最合

shì
适。"

dì èr tiān wǎn shang　　bié ěr xiè niè fū lái kàn bǎo
第二天晚上，别尔谢涅夫来看保

ěr　　liǎng gè rén yì zhí tán dào shēn yè　　gòng tóng de gé mìng
尔，两个人一直谈到深夜，共同的革命

jīng lì　　gòng tóng de pí qi shǐ tā men yí jiàn rú gù　　fēn
经历、共同的脾气使他们一见如故。分

shǒu de shí hou　　bié ěr xiè niè fū xīn qíng jī dòng　　jiù xiàng
手的时候，别尔谢涅夫心情激动，就像

bǎo ěr shì tā shī sàn duō nián de qīn dì di yí yàng
保尔是他失散多年的亲弟弟一样。

dá yǎ měi tiān hěn wǎn cái huí jiā　　yòu lěng yòu è　　bǎo
达雅每天很晚才回家，又冷又饿。保

ěr shēn zhī　　suí zhe dá yǎ de chéng zhǎng　　qī zi zhào gù tā
尔深知，随着达雅的成长，妻子照顾他

de shí jiān huì yuè lái yuè
的时间会越来越

shǎo
少。

bǎo ěr jiē
保尔接

shòu le fǔ dǎo yí
受了辅导一

gè xiǎo zǔ de rèn
个小组的任

wu　　wǎn shang jiā li
务。晚上家里

yòu rè nao qǐ lái le
又热闹起来了，

bǎo ěr měi tiān tóng qīng nián
保尔每天同青年

钢铁是怎样炼成的

rén zài yì qǐ dù guò jǐ gè xiǎo shí gǎn jué huò dé le xīn de
人在一起度过几个小时，感觉获得了新的
huó lì
活力。

bǎo ěr hé dá yǎ lái dào mò sī kē zài yí gè jī guān
保尔和达雅来到莫斯科，在一个机关
de dàng àn kù lǐ zhù le jǐ tiān zhè gè jī guān de shǒu zhǎng
的档案库里住了几天。这个机关的首长
bāng zhù bǎo ěr zhù jìn le yí gè yǎn kē yī yuàn
帮助保尔住进了一个眼科医院。

zài yī yuàn lǐ ā wéi ěr bā hè jiào shòu tǎn shuài de
在医院里，阿韦尔巴赫教授坦率地
gào su tā huī fù shì lì shì bù kě néng de mù qián zhǐ
告诉他："恢复视力是不可能的。目前只
néng xiān jìn xíng wài kē zhì liáo xiāo chú yán zhèng
能先进行外科治疗，消除炎症。"

bǎo ěr yòu tǎng shàng shǒu shù tái　　zhè cì qiē chú jǐng bù
保尔又躺上手术台，这次切除颈部

yí cè de jiǎ zhuàng xiàn
一侧的甲状腺。

dōng tiān guò qù le　　bǎo ěr zài yī yuàn lǐ zhù le
　　冬天过去了。保尔在医院里住了18

gè yuè　　tā gǎn jué dào zhōu wéi rén men de zhǒng zhǒng tòng
个月，他感觉到周围人们的种种痛

kǔ　　tīng dào chuí sǐ zhě de shēn yín hé āi háo　　zhè bǐ rěn
苦，听到垂死者的呻吟和哀号，这比忍

shòu zì jǐ de bìng tòng hái yào nán guò　　dāng yī shēng jiàn yì tā
受自己的病痛还要难过。当医生建议他

zài zuò yí cì shǒu shù shí　　tā jiān jué de huí jué le　　bú
再做一次手术时，他坚决地回绝了："不

yòng le　　wǒ xiǎng yòng shèng xià de yì diǎn shí jiān zuò xiē bié de
用了，我想用剩下的一点时间做些别的

shì qing
事情。"

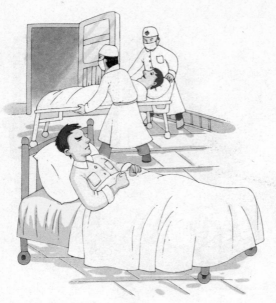

保尔给中央委员会写了一封信，请求帮助他在莫斯科安下家来，因为他妻子就在这里工作，他本人也无法再四处为家了。莫斯科苏维埃拨给他一间房子，于是他离开医院，希望永远也不回到这里来了。

房子在克鲁泡特金大街一条僻静的胡同里，很简陋，但这对保尔来说，已经是心满意足了。达雅成了正式党员，还当上了工厂党委会委员，这使保尔非常高兴和自豪。

钢铁是怎样炼成的

有一次巴扎诺娃到莫斯科出差，顺便来看保尔，他们谈了很久。保尔兴致勃勃地告诉她，他选定写一部反映科托夫斯基骑兵师的中篇小说，书名就叫《暴风雨所诞生的》，巴扎诺娃说："我赞赏你那火热的激情，但你怎么写呢？"

保尔请人制作了一个特殊的硬纸板，上面刻出一行行空格，写的时候，笔就不会划出格子之外了，

虽然写起来慢一些，但困难是可以克服的。保尔试了一试，效果相当不

cuò
错。

bǎo ěr quán shēn xīn de tóu
保尔全身心地投

rù dào le zhè běn shū de chuàng
入到了这本书的创

zuò　　tā huǎn màn de xiě le　yì háng yòu yì háng　　xiě le yí
作，他缓慢地写了一行又一行，写了一

yè yòu yí yè
页又一页。

bǎo ěr xiě wán le sān zhāng　　jiāng tā men jì gěi le kē
保尔写完了三章，将它们寄给了科

tuō fū sī jī shī de lǎo zhàn yǒu kàn　　zhēng qiú tā men de yì
托夫斯基师的老战友看，征求他们的意

jiàn　　tā hěn kuài jiù shōu dào tā men de huí xìn　　dà jiā dōu
见。他很快就收到他们的回信，大家都

chēng zàn tā xiě de hǎo
称赞他写得好，

xī wàng tā jì
希望他继

xù nǔ lì
续努力。

bù　　qiǎo
不　巧

de shì　　gǎo
的是，稿

zi zài jì huí
子在寄回

lái de tú zhōng
来的途中

yí shī le 6
遗失了。6

gè yuè de xīn
个月的心

血白费了。保尔非常懊悔当初没有复制一份底稿留着。

保尔不得不从头开始。这一次，他请了邻居家一位18岁的姑娘加莉亚来帮忙，她刚从中学毕业，是一个朝气蓬勃的人。加莉亚非常高兴地来协助保尔写作，她的笔在纸上迅速地移动着，书稿越积越厚。

保尔的老朋友列杰尼奥夫从外地出差回来，他来看望保尔，读了小说的头几章，说："坚持干下去！我坚

信，你一定能成功！"

达雅常常深夜才从工厂回来，"妈妈，保夫鲁沙今天怎么样啊？""亲爱的，他写得忘记了一切。你累了，快去睡吧！"她跟保尔的母亲小声交谈几句，就上床去睡了。

书终于脱稿了。母亲把沉甸甸的包裹送到邮局寄到列宁格勒，请州委文化宣传部审阅。书的命运决定着保尔的命运。焦急等待回音的日子是最难熬的。

好多天过去了！正当期待越来越难以忍受时，同儿子一样焦急的母亲一面往屋里跑，一面激动地喊道："列宁

邮局

<ruby>格<rt>gé</rt></ruby><ruby>勒<rt>lè</rt></ruby><ruby>来<rt>lái</rt></ruby><ruby>信<rt>xìn</rt></ruby><ruby>了<rt>le</rt></ruby>！<ruby>来<rt>lái</rt></ruby><ruby>信<rt>xìn</rt></ruby><ruby>了<rt>le</rt></ruby>！"

<ruby>这<rt>zhè</rt></ruby><ruby>是<rt>shì</rt></ruby><ruby>州<rt>zhōu</rt></ruby><ruby>委<rt>wěi</rt></ruby><ruby>打<rt>dǎ</rt></ruby><ruby>来<rt>lái</rt></ruby><ruby>的<rt>de</rt></ruby><ruby>电<rt>diàn</rt></ruby><ruby>报<rt>bào</rt></ruby>，<ruby>电<rt>diàn</rt></ruby><ruby>文<rt>wén</rt></ruby><ruby>只<rt>zhǐ</rt></ruby><ruby>有<rt>yǒu</rt></ruby><ruby>简<rt>jiǎn</rt></ruby><ruby>单<rt>dān</rt></ruby><ruby>几<rt>jǐ</rt></ruby><ruby>个<rt>gè</rt></ruby><ruby>字<rt>zì</rt></ruby>："<ruby>小<rt>xiǎo</rt></ruby><ruby>说<rt>shuō</rt></ruby><ruby>备<rt>bèi</rt></ruby><ruby>受<rt>shòu</rt></ruby><ruby>赞<rt>zàn</rt></ruby><ruby>赏<rt>shǎng</rt></ruby>，<ruby>即<rt>jí</rt></ruby><ruby>将<rt>jiāng</rt></ruby><ruby>出<rt>chū</rt></ruby><ruby>版<rt>bǎn</rt></ruby>，<ruby>祝<rt>zhù</rt></ruby><ruby>贺<rt>hè</rt></ruby><ruby>成<rt>chéng</rt></ruby><ruby>功<rt>gōng</rt></ruby>。"<ruby>保<rt>bǎo</rt></ruby><ruby>尔<rt>ěr</rt></ruby><ruby>的<rt>de</rt></ruby><ruby>心<rt>xīn</rt></ruby><ruby>欢<rt>huān</rt></ruby><ruby>快<rt>kuài</rt></ruby><ruby>地<rt>de</rt></ruby><ruby>跳<rt>tiào</rt></ruby><ruby>动<rt>dòng</rt></ruby>

qǐ lái　　mèng xiǎng zhōng yú biàn chéng le xiàn shí　　tā yòng bǐ
起来，梦想终于变成了现实！他用笔

dāng wǔ qì　　chóng xīn huí dào zhàn dòu de háng liè　　kāi shǐ le
当武器，重新回到战斗的行列，开始了

xīn de yǒu yì yì de shēng huó
新的有意义的生活。

图书在版编目(CIP)数据

钢铁是怎样炼成的 /(苏联)奥斯特洛夫斯基著;陈晓雪译.
崔钟雷主编.—哈尔滨:哈尔滨出版社,2010.2
(小学生新课标课外读物.第七辑)
ISBN 978-7-80753-957-5

Ⅰ.钢... Ⅱ.①奥...②陈...③崔... Ⅲ.长篇小说-苏联-缩写
本 Ⅳ.I512.45

中国版本图书馆 CIP 数据核字 (2009) 第 232337 号

书　　名：钢铁是怎样炼成的

作　　者：[苏联] 奥斯特洛夫斯基　著
译　　者：陈晓雪
主　　编：崔钟雷
副主编：苗　青　姜丽婷
责任编辑：周群芳　马丽颖
责任审校：陈大霞
装帧设计：稻草人工作室

出版发行：哈尔滨出版社（Harbin Publishing House）
社　　址：哈尔滨市香坊区泰山路 82-9 号　　邮编：150090
经　　销：全国新华书店
印　　刷：哈尔滨申达印刷有限公司
网　　址：www.hrbcbs.com　　www.mifengniao.com
E-mail：hrbcbs@yeah.net

编辑版权热线：(0451) 87900272　87900273
邮购热线：(0451) 87900345　87900299　87900220（传真）　或登录蜜蜂鸟网站购买
销售热线：(0451) 87900201　87900202　87900203

开　　本：880×1230　　1/32　　印张：35　　字数：600 千字
版　　次：2010 年 2 月第 1 版
印　　次：2010 年 2 月第 1 次印刷
书　　号：ISBN 978-7-80753-957-5
定　　价：50.00 元（全五册）

凡购本社图书发现印装错误，请与本社印制部联系调换。　服务热线：(0451) 87900278
本社法律顾问：黑龙江佳鹏律师事务所